拥抱缺陷的自我，但期翼着
去超越自我：聪明的人
抬头望向远方的山头
而不是低头陷入泥沼。

Accept the flawed self, but aspire
To flights beyond it: wiser far
Lifting our eyes unto the hills
Than lowering them to sift the mire.

桂冠诗人诗选

A Question of Proof

罪证疑云

尼古拉斯·布莱克 —— 著
有之炘 —— 译

上海文艺出版社
上海故事会文化传媒有限公司

尼古拉斯·布莱克桂冠推理全集（全16册）
编委会

总策划：夏一鸣

主　编：黄禄善

副主编：陶云韫

编辑成员

（按姓氏笔画为序排列）

丁娴瑶　王　琦　田　芳　吕　佳　朱　虹　孟文玉

赵媛佳　夏一鸣　陶云韫　黄禄善　曹晴雯　彭元凯

名家导读

提起英国黄金时代侦探小说的代表性作家，很多人马上就会想到阿加莎·克里斯蒂（Agatha Christie, 1890-1976）。确实，这位昔时光顾伦敦侦探俱乐部的"常客"，自出道以来，累计创作悬疑探案小说81部，总销售量近20亿册，是地地道道的"侦探小说女王"。不过，在当时的英国，还有一位男性侦探小说家，其创作才能一点也不亚于阿加莎·克里斯蒂，只不过他的身份比较显赫，甚至有点令人生畏。尼古拉斯·布莱克（Nicholas Blake, 1904-1972），这个生于爱尔兰、长于伦敦、后来活跃在诗坛的"怪才"，不但拥有牛津大学和哈佛大学教授、英国桂冠诗人、大不列颠功勋骑士、战时宣传口掌门、左翼社会活动家等多种显赫身份，还在出版大量彪炳史册的诗歌集、论文集、译著的同时，客串侦探小说创作，成就十分突出。说来让人难以置信，他创作侦探小说的原因竟然是囊中羞涩，无法支付居住已久的房屋的维修费。在给自己的诗友、同为桂冠诗人的斯蒂芬·斯潘德（Stephen Spender, 1909-

1995）的信中，他坦言，因为担心失业，一直想写些可以盈利的书。于是，一套以"奈杰尔·斯特雷奇威"（Nigel Strangeways）为业余侦探主角的悬疑探案小说诞生了。

该套小说共计 16 部，始于 1935 年的《罪证疑云》（*A Question of Proof*），终于 1966 年的《死后黎明》（*The Morning after Death*），陆续问世后，均引起轰动，一版再版，畅销不衰，并被译成多种文字，风靡欧美多地。直至今天，这套作品依然作为西方犯罪小说的经典被顶礼膜拜。《纽约时报》《泰晤士报文学增刊》《每日电讯》等数十家报刊连篇累牍地发表评论，称赞这套小说是西方侦探小说的"杰作"，"值得倾力推荐"。知名小说家伊丽莎白·鲍恩（Elizabeth Bowen）说，尼古拉斯·布莱克"拥有构筑谜案小说的非凡能力"，"在英国侦探小说史上独树一帜"。当代著名评论家尼尔·奈伦（Neil Nyren）也说，尼古拉斯·布莱克不愧为"神秘小说大师"，"在西方侦探小说从通俗到主流的文学转型中起着重要作用"。[①]

人们之所以热捧尼古拉斯·布莱克，首先在于这套悬疑探案小说构筑了 16 个扑朔迷离的故事情节。尼古拉斯·布莱克熟谙黄金时代侦探小说的各种创作模式，在他的笔下，既有引导读者亦步亦趋的"谜踪"，又有适时向读者交代的"公平游戏原则"；既有转移读者注意力的"红鲱鱼"，又有展示不可能犯罪的"封闭场所谋杀"。而且，一切结合得十分自然，不留任何痕迹。譬如，该系列的第二部小说《死亡之壳》（*Thou*

---

① Neil Nyren. "Nicholas Blake: A Crime Reader's Guide to the Classics", https://crimereads.com, January 18, 2019.

Shell of Death），功勋飞行员费格斯不断收到匿名威胁信，断言他将在节日当天毙命。以防万一，费格斯请来了破案高手奈杰尔·斯特雷奇威。然而，劫数难逃，在节日家宴后，费格斯还是神秘死亡。凶手究竟是谁？为何要选择节日当天谋杀他？谋杀动机又是什么？种种线索指向参加节日家宴的、有可能从谋杀中获益的一些嘉宾，其中包括富有传奇色彩的女探险家乔治娅·卡文迪什，她与费格斯来往甚密。与此同时，奈杰尔·斯特雷奇威也开始调查死者费格斯鲜为人知的过去。又如该系列的第四部小说《禽兽该死》(*The Beast Must Die*)，故事以侦探小说家弗兰克的日记开头，讲述他6岁的儿子突遇车祸，肇事司机逃逸，由此他悲愤交加，展开了追查禽兽的历程。故事最后，复仇者锁定嫌疑人，并潜入嫌疑人家中，准备实施谋杀。然而，当东窗事发，弗兰克却坚称自己无罪。事情真相究竟如何？弗兰克是有罪，还是无罪？奈杰尔·斯特雷奇威依据严密的推理，做出了出乎众人意料的判断。再如该系列的第14部小说《夺命蠕虫》(*The Worm of Death*)，开篇即以死者之口预告了自身的死亡，设置了"自杀还是谋杀"的悬念。死者名为皮尔斯·劳登，是一个医学博士，他的尸体突然出现在泰晤士河中，全身只穿有一件粗花呢大衣，手腕处还有数道相同的刀伤。奈杰尔·斯特雷奇威奉命介入调查，似乎所有家庭成员都对死者抱有敌意，所有人都有强烈的作案动机，包括深受博士喜爱的养子格雷厄姆，次子哈罗德，还有小女儿瑞贝卡——死者曾坚决反对她与艺术家男友的婚恋。随着调查深入，家中发生的又一起死亡事件陡然加剧了紧张局势。恶意谋杀仍在继续，奈杰尔·斯特雷奇威不得不加快脚步。与此同时，他也在一艘腐烂的驳船上发现了

令人毛骨悚然的事实真相。

不过,尼古拉斯·布莱克毕竟是驰骋在诗坛多年的"桂冠诗人",他在构筑上述扑朔迷离的故事情节的同时,还有意无意地融入了许多纯文学技巧。故事行文优美,引语典故不断,清新、优雅的风韵中又不乏幽默,尤其是在刻画人物的心理和展示作品的主题方面狠下功夫。一方面,《酿造厄运》(There's Trouble Brewing)通过一家酿酒厂里的奇异命案,展现了资本家的贪婪、人性的扭曲和底层劳动者的苦苦挣扎;另一方面,《深谷谜云》(The Dreadful Hollow)又通过偏僻山村一系列匪夷所思的恐怖事件,展示了一幅幅极其丑陋的贪婪、嫉恨、复仇的图画;与此同时,《雪藏祸心》(The Corpse in the Snowman)还通过侦破豪华庄园一起诡异的"闹鬼"事件,反映了二战期间英国毒品的泛滥和上流社会的骄奢淫逸、人性丑陋。最值得一提的是《游轮魅影》(The Widow's Cruise),该书的故事场景设置在希腊半岛东部的爱琴海上,与阿加莎·克里斯蒂的《尼罗河上的惨案》有异曲同工之妙,两者均通过游轮上一起离奇古怪的命案,揭示了人性的弱点与步入歧途的道德激情。

一般认为,尼古拉斯·布莱克对英国黄金时代侦探小说的最大贡献是塑造了栩栩如生的学者型业余侦探奈杰尔·斯特雷奇威这个人物形象。在他的身上,几乎汇集了之前所有业余侦探的人物特征。他既像吉·基·切斯特顿(G. K. Chesterton, 1874-1936)笔下的"布朗神父",善于同邪恶打交道,洞悉罪犯的犯罪心理;又像阿加莎·克里斯蒂笔下的"前比利时警官波洛",在与人的交往中十分随和,富有人情味;还像多萝西·塞耶斯(Dorothy Sayers, 1893-1957)笔下的"彼得·温西勋爵",风度翩翩,敏感、睿智、耿直的外表下蕴藏着几丝柔情。然而,比这些更重要的是,他还像尼古拉斯·布莱克及其几个诗友,温文尔雅,具有牛津大学教育背景,是个学者,以中古时期英格兰和苏格兰诗歌为研究对象,出版有多部相关专著,断案时喜欢"引经据典"。每每,他卷入这样那样的复杂疑案调查,或受朋友之嘱、亲属之托,如《罪证疑云》《雪藏祸心》;或直接听命于警官,如《饰盒之谜》(*The Smiler with the Knife*)、《谋杀笔记》(*Minute for Murder*);或路见不平,拔刀相助,如《暗夜无声》(*The Whisper in the Gloom*)、《游轮魅影》。

如此种种不凡的作者自身形象和人生轨迹,还屡见于小说的场景设置和其他人物塑造。譬如《亡者归来》(*Head of a Traveler*)和《诡异篇章》(*End of Chapter*),两部小说均设置了文学领域的疑案场景,而且案情也以"诗歌"为重头戏。前者描述奈杰尔·斯特雷奇威敬仰的大诗人罗伯特·西顿的美丽庄园发生的无头尸案,其人物原型正是尼古拉斯·布莱克昔时崇拜的偶像威·休·奥登(W. H. Auden, 1907-1973);而后者聚焦某出版公司编辑的一部书稿,许多细节描写来自尼古拉斯·布莱克二战期间担任国家宣传口负责人的经历。又如《罪证疑云》和《死后黎明》,两部小说也都以尼古拉斯·布莱克熟悉的校园生活为场景,案情分别涉及英国的一所预备学校和一所以哈佛大学为原型的卡伯特大学,其中,前者的嫌疑人迈克尔·埃文斯的不幸遭遇,与尼古拉斯·布莱克早年在中学从教的经历不无相似。他被指控谋杀了校长的侄子,还与校长的年轻妻子有染。正是这些原汁原味、源于生活又高于生活的描写，使它们被誉为"校园谜案小说的经典"。

自20世纪30年代起，尼古拉斯·布莱克的这套悬疑探案小说被陆续改编成电影、电视和广播剧，有的还被改编多次，如《禽兽该死》，其中包括1952年阿根廷版同名电影和1969年法国版同名电影，后者由克劳德·夏布洛尔（Claude Chabrol, 1930-2010）任导演。出演奈杰尔·斯特雷奇威一角的则分别有格林·休斯顿（Glyn Houston, 1925-2019）、伯纳德·霍斯法（Bernard Horsfall, 1930-2013）和菲利普·弗兰克（Philip Franks, 1956- ）。2018年，迪士尼公司宣布将依据《暗夜无声》改编的电影《知道太多的孩子》列为常年保留剧目。2004年，BBC公司又再次宣布将《罪证疑云》和《禽兽该死》改编成广播剧，导演为迈克尔·贝克威尔（Michael Bakewell）。甚至到了2021年，英国的新流媒体BriBox和美国的AMC还宣布再次将《禽兽该死》改编成电视连续剧，由知名演员比利·霍尔（Billy Howle, 1989- ）出演奈杰尔·斯特雷奇威。

在我国，由于种种原因，尼古拉斯·布莱克的这套悬疑探案小说一直未能译成中文，同广大读者见面，但学界、翻译界、出版界呼声不断。2021年5月，尼古拉斯·布莱克逝世50周年纪念之际，上海故事会文化传媒有限公司的夏一鸣先生慧眼识珠，开始组织精干人马，翻译、出版这套小说。经过一年多的准备和努力，这套图书终于面世。尽管是名家名篇、精编精译，缺点仍在所难免，敬请广大读者不吝指正。

黄禄善

奈杰尔侦探小传

奈杰尔·斯特雷奇威，是推理大师尼古拉斯·布莱克小说中虚构的一位私人侦探。在1935年至1966年间，作为重要角色出现在16部尼古拉斯的小说中。

奈杰尔年轻俊朗，不拘小节，常以苍白凌乱的形象示人。他是智商超群的学霸，却因性格过于叛逆被牛津大学开除。他性格幽默，行动力超强，气质温文尔雅。稚气面容与老道头脑形成戏剧化的反差。奈杰尔周身散发出儒雅的学者气息，在调查过程中，他喜欢借角色之口，引经据典，让人不知不觉靠近他，信任他，将案子交到他的手中。

在系列小说中，奈杰尔的情感故事同样精彩，他的妻子乔治娅是一名探险家，不幸死于闪电战。之后，奈杰尔又邂逅了雕塑家克莱尔。在奈杰尔生命中出现的两位女性，都是具备智慧、勇气、思想的"独立女性"，在古典推理小说中难得一见。

在侦探小说的王国中，奈杰尔这样的侦探形象，可谓独一无二。

人物关系

迈克尔·埃文斯： 青年教师，与校长太太希罗有地下恋情，与奈杰尔·斯特雷奇威是牛津大学的同窗好友

希罗·瓦尔： 校长太太，年轻美丽，热恋着迈克尔

珀西·瓦尔： 校长，五十岁左右，古板严肃

爱德华·格里芬： 体育教师，三十岁左右，身材魁梧，多才多艺

蒂弗顿： 校长助理兼教师，在教师中最有声望

加兹比： 教师，经常喝酒，酒后话多

西姆斯： 教师，身材矮小戴眼镜，一紧张容易结巴

西里尔·伦奇： 青年教师，自视甚高

阿尔杰农·威姆斯： 男生，十一岁，校长的外甥，父母双亡，给他留下不少遗产

詹姆斯·厄克特： 当地律师，与校长共同承担威姆斯的监护责任

史蒂文斯：	男生，运动健将
小史蒂文斯：	男生，史蒂文斯的弟弟，校园帮派"黑点帮"帮主
庞森比：	男生，小史蒂文斯的跟班
史密瑟斯：	男生，高胖土气，校园霸凌受害者
阿姆斯特朗：	警长
奈杰尔·斯特雷奇威：	牛津大学肄业，自由侦探

目 录

第一章　陆续登场…………………… 1
第二章　诗与挽歌…………………… 13
第三章　警方介入…………………… 27
第四章　口头问询…………………… 39
第五章　台前幕后…………………… 58
第六章　形势严峻…………………… 76
第七章　旁敲侧击…………………… 94
第八章　侦探入会………………… 111

第九章　观往知来…………………………… 129

第十章　校长之死…………………………… 153

第十一章　"我抓不到你……"…………… 166

第十二章　震惊四座………………………… 184

第十三章　"给我一点光吧"……………… 203

第十四章　回忆再现………………………… 220

第一章

陆续登场

这里是苏德利堂预备学校的一间卧室：如列车走廊般狭窄闷热，通风不好、没有绿植装饰、卫生条件也很一般，传授科学知识的老师们似乎不该住在这里。但这就是分配给这些名校毕业的老师们的宿舍——当然，校工用人们也住在这里。

现在是1935年6月20日7点45分，外面一片喧嚣嘈杂：八十来个男孩起床时的聒噪，窗外画眉和麻雀的鸣叫，还有割草机运转的巨大轰鸣声……今天，学校里将要举行一场盛大的体育活动，家长们也会到场参加。

最先登场的是我们的主人公迈克尔·埃文斯，他正对着镜子哼着歌刮胡子，哼的是《哀悼帕特里克·萨斯菲尔德》片段。涂满半张脸的剃须膏没有遮住他柔和的下巴，露出的嘴唇也很亲切，鼻孔微张眉毛上挑，配上他充满好奇的深蓝色眼睛和一头凌乱的黑发——他对自己的形象非常满意。

"嘿，你看起来还不错，"他对着镜子自言自语，"虽然没有拉蒙·纳瓦罗那么帅，但至少比西姆斯和加兹比好多了，一个可怜虫，一个受虐狂。有好的品位而不张扬，有着姣好的面容……而你却远在他乡，冰冷低洼的地方……"

这该死的剃刀！

啊，为什么
帕特里克·萨斯菲尔德
你为什么要走……

哼着歌，他擦去脸上残留的泡沫，继续自言自语："今天是校运动会，我们全都要系上老气的标志性领带，就是为了让家长们对这间学校能留下好印象。那配色简直离谱！什么样的疯子能设计出这种品红、绿色和橙色的搭配？谢天谢地，它已经开始褪色了。搞笑的是，这样不体面的领带却是体面的象征，配色扎眼却入得了英国中产的法眼……这些男孩们是那么开朗、天真、诚实、聪明，天晓得他们的家长怎么会那么邋遢、迟钝、粗鄙、矮小。也或许是他们和校长物以类聚人以群分？都是些二流货色，最多是好一点的二流。"

"不，我又不是哈姆雷特王子，还要借一把宝剑去决斗……希罗似乎喜欢那样，天啊，她是多么可爱和甜美……美丽得像一只蝴蝶结……等待我的将是什么呢？明天她就要离我而去，我要到下学期才能见到她。我得等上三个月，三个月，真要命！"

细心的读者应该已经看出来了，年轻的迈克尔·埃文斯是一个对颜色极其敏感的人，有点愤青，对学生家长的态度也不怎么尊重。可他的确是一位好老师，是一位有幽默感又与时俱进的英语老师。不幸的是，像他这样作风优雅、胸怀天下的人，却爱上了校长的妻子希罗。两个月前的一天，他们在一间教室独处，情到浓时，忍不住拥抱在一起，那是个令人窒息且销魂的时刻。

起初，迈克尔惊讶地发现，在他们的恋情中，并未出现传统意义上的"内疚感"，反而呈现出一种自然放松的完美状态。希罗满心欢喜地回应他的爱，似乎一点也没有考虑到自己是个有夫之妇。可迈克尔还保留着一些理智，对于这一段孽缘，一旦东窗事发，后果可能是他和希罗都无法承受的。就算是希罗的丈夫，校长珀西·瓦尔同意离婚，可迈克尔也别想再在教育界混了，没有家长愿意把孩子送到一个道德有瑕疵的人手里。

今天下午我们将再次见到这对不伦之恋的男女主角，而且场面更有失体面——甚至难堪，无法收场的那种。在此之前，迈克尔的眼镜片没有摔碎，他的但丁半身像也没有摔碎，天气晴朗，也没有无缘无故地下冰雹。一切都显得很平静，没有任何人意识到即将发生的一切有多么可怕。

那么我们就先去认识一下故事中的其他角色吧。校工斯威尼是一个牢骚满腹的人，成天垂头丧气的。他正在按着笨重的早餐铃，此时的他根本意识不到明天他将在什么情况下按响这只铃。铃声响起后，楼上的喧闹声戛然而止。

众人打理好自己，排好队伍，到楼下去见校长，几个掉队的人急匆匆地跟在队伍的后面，一边走还一边穿着外套。珀西·瓦尔是一位过分强调纪律甚至有些形式主义的人。一长串脚步声回响在没有铺地毯的地板上，一个声音催促吆喝着喊道："看在上帝的分上！给我打起精神来，史密瑟斯！我要吃我的早餐了！"这是体育老师爱德华·格里芬，不过三十岁左右，身上散发着一种探险家的气息。正如大多数体育老师那样，他性格开朗，身材魁梧，走起路来大摇大摆。他年轻的时候曾是牛津大学的橄榄球手，每次和威尔士队打比赛的时候，靠气势都能压倒对方。此外，他在演奏短笛和猜谜游戏方面也颇有天赋，最近，受了好友迈克尔的影响，他又研究起了病态心理学，一有机会就拿那些理论来分析他看不顺眼的人。

学生们开始吃早餐了，让我们来看看校长的房间。珀西·瓦尔正独自坐在他的椅子上。鉴于今天他将要接见很多学生家长，他向妻子提出要单独休息一下。他看起来五十岁左右，薄薄的嘴唇，红润的脸颊，一副自视甚高的姿态。孩子们背地里称他为"老学究珀西"，当着他的面则直接称呼他为"珀西"，因为他们知道他不喜欢阿谀奉承，而是喜欢学生叫他名字或者别的昵称。他算是一位优秀的学者，一个还算称职的循规蹈矩的校长，一个打扮体面但有点冷酷的人。

此时此刻，他志得意满，风度翩翩。他是一校之长，还有美丽年轻的妻子，周围岁月静好，没有任何预兆显示风暴即将来临。闭目养神的时候，他寻思着谁的家长能帮他预订到新的五星球场场地，安斯特拉瑟是否有机会去温彻斯特，以及他该如何教训法语老师西姆斯，他的课堂纪律实在是太糟糕了。

接下来，我们回到大厅里来，听听这里的人在聊些什么。他们的谈话也许与接下来的事件有关系，也可能无关。坐在主桌顶端位子的是校长助理兼教师蒂弗顿。他常常出言不逊，但他的眼神却细腻而友善，在公共场合他有时控制不住自己，说些愤世嫉俗的话。在他的左边和右边分别坐着加兹比和西姆斯，事实上，早在迈克尔对着镜子独白的时候，这两人已经在他口中登场了。

西姆斯热爱他的工作，他对于教育事业的沉迷就像深埋在河底的淤泥一样难以撼动。他留着稀疏的胡子，牙齿向外凸出。每年暑假，他都去欧洲大陆度假，说是为了提升语言能力，但格里芬则对此嗤之以鼻。总之，西姆斯是个让人捉摸不透的人。

加兹比看起来就像个混混，你肯定想不到他曾是法国的步兵军官，由于酗酒过度以及一些精神方面的小状况，导致他从一个帅小伙迅速退化为一个废人。蒂弗顿比较了解加兹比，他说，加兹比恨不得再上一次战场，这样大家才会相信他真的那么英勇过。

这两人后面坐着迈克尔·埃文斯和格里芬。在主桌的另一头，西里尔·伦奇正坐在椅子上阅读《每日先驱报》，脸上带着一种不情愿的神情。他刚从牛津的一所二流学院毕业,这个天生的小资人士,一心想成为一个唯美主义者。

"斯塔夫利谋杀案实在是太惨了!"加兹比一边大叫,一边扇得手中的《每日先驱报》沙沙作响,"我看他们差不多已经完成了对富拉的审讯。我总是说,"此时迈克尔在桌下重重地踩了一下格里芬的脚趾,加兹比则继续高谈阔论,"就像我说的,蒂弗顿,你永远料想不到一个妓女会干出什么样的事来。"

这个奇葩的话题激起了格里芬和迈克尔的兴趣,他俩立刻预感到加兹比又要开始他的老生常谈了。

加兹比继续讲述案情:"这个叫琼斯的家伙是个银行职员,结婚后过上了规律的生活,却意外勾搭上了酒吧的女招待,于是去附近搞到了一包砷,害死了他的妻子。真没想到,这些平日里安静的怂货们竟有做这种事情的胆子。我记得当年在我部队的排里……"

格里芬急忙打断了他那滔滔不绝的讲话,打趣说:"是的,当我们发现你躺在血泊里时,我们会先去找西姆斯,看看他身上有没有藏着凶器,毕竟我们的西姆斯先生,城府很深。"

加兹比听罢放声大笑:"哈哈哈,西姆斯城府很深呀,深不可测!"他的滑稽样子引得大家都笑了起来。

"老加兹比又开讲了。"西姆斯轻声地笑道,随后,他看向格里芬接茬道,"哦,得了吧,格里芬!我为什么要杀加兹比呢?他连老婆都还没娶呢!"

"这很难说。"蒂弗顿插了一句话,话音刚落,加兹比笑得更厉害了。

"我就从不随便去找女人,"迈克尔也加入谈话,"男人也不随便找。如果真要找人来了结我的生命,我会找一个自我意识过剩的人,就像伦奇那样的男人。"

伦奇从报纸上方探出头来,恶狠狠地瞥了迈克尔一眼。迈克尔则转向蒂弗顿说:"不过我觉得我们这些人受害的可能性都不大。只有在那些瞎扯的校园小说里,教职员们才会拿着雨伞互相攻击,一天到晚明争暗斗。"

"说得对,迈克尔,"加兹比说,"那些都是瞎扯淡,咱们可都是老铁了!"

"正如珀西说的,我们是一个幸福的大家庭。"蒂弗顿看起来一脸嫌弃。

"好了,伙计们,"格里芬大声说,"如果这儿发生了谋杀案,那就是我把小威姆斯那个败类给干掉了,他总是仗着自己是珀西的外甥在这个地方胡作非为。这个身材肥胖、满脸油腻、智商堪忧的人,总是到处惹麻烦,麻烦来了又不敢承担责任,总是躲在后面暗戳戳地使坏。"

"就像巴肯笔下那个罪恶累累的拿破仑吗?"迈克尔插嘴。

"他哪配跟拿破仑比?"格里芬反驳道,"总有一天我会把他的脖子拧断,这小畜生,你可知道他……"

姑且先让格里芬继续去盘点威姆斯的罪行吧,我们去另一张桌子看看,孩子们正在七嘴八舌地聊着天:

"今天下午的第一场比赛是什么?"

"当然是跑步比赛了,你这个笨蛋,都写在布告栏上了。哦,我忘了,你不识字。"

"你真逗！我说，史蒂文斯，听格里芬说你可能破纪录。"

"哦，该死！没那种可能！不过，老家伙西姆斯很可能会像去年那样把秒表弄脏。"

"说到西姆斯，你听说昨天威姆斯在法语课上的所作所为了吗？"

"那都是旧闻了！能不能来点新的八卦！"

"说真的，是时候治治可恶的威姆斯了。他仗着是校长的外甥，在学校里横行霸道，都快骑到老师的头上了。为了能在昨晚的干草大战中打败史密瑟斯，他试图贿赂帕特森。"

"那么，你打算向珀西告发他吗？"

"这可不是我的作风！我可不是那种在别人背后打小报告的人，我宁愿公开解决，不喜欢背后搞小动作。"最后这句话就像是被瓦尔校长附身了，说得义正词严。

一个看起来严肃、眉清目秀的十三岁男孩大声说出了他的想法："不，向珀西告状一点用也没有，但我们可以向他提起诉讼！"

"我是检察官！"

"我是刽子手！"

"闭嘴！这不是开玩笑。他对西姆斯的态度很粗鲁,自从他来了……"

"呀，史蒂文斯妈妈在保护她的宝贝西姆斯哦！"

"快给我住嘴！我为西姆斯老师感到难过。虽然西姆斯也不是什么好东西，但威姆斯也有点太过分了。"

"喂，史蒂文斯，让你弟弟派他的黑点帮来收拾威姆斯怎么样？

威姆斯不是黑点帮的成员吧?"

"我觉得不是,但黑点帮对于成员的保密工作做得很好。神秘帮派组织痛扁校长的跋扈外甥——你的建议很疯狂,抽时间我会找我弟弟聊聊这事。等会儿课间我就找他谈谈。"

"启用雇佣兵,或者说求助那些小混混,这可不是苏德利堂学校或英国绅士之流该有的行为。"

让我们去看看另一张桌子上的景象。一个十一岁左右的胖男孩,看起来是那种被宠坏了的、有很多零花钱的样子。满脸横肉的他一边大口喝粥,一边折磨他的邻座。他就是可恶的威姆斯,或者更确切地说,是阿尔杰农·维文·威姆斯"阁下"。他的邻座史密瑟斯是个身材肥胖的少年,眼神里充斥着郁闷及怨恨,一举一动都冒着土气和傻气。他的父母都是农民出身,父母想让他的社会地位得到提升才把他送到了这所学校。

英国很多学校里都有这样的角色,因为家庭出身低微,衣着谈吐与其他同学格格不入,被大家看不起,是校园霸凌的对象。在迈克尔看来,虽然这些孩子的父母也是望子成龙,可这简直就是把孩子往火坑里推,把这些父母告上法庭都不为过。

"喂,史密瑟斯,你家的那些牲畜还好吗?"

"哦,可真有趣!"

"把他们养肥,再把他们杀死?"这是几年前史密瑟斯谈到自家农庄时不小心说漏嘴的一句话,从此之后就成了其他人笑话他的一个梗。

"你也够肥了,我们把你杀了,不也挺好吗?"现场爆发出雷鸣般的笑声。

"你看起来真够滑稽的！"

"你爸爸还穿紧身裤吗？"

"你最好闭上嘴！"

"如果他长得像你，我敢打赌他挤牛奶的时候奶牛会踢他。"

一直隐忍的史密瑟斯突然暴起，他挥拳猛击威姆斯的头部，惹得他一声惨叫。

"把他们喂胖，杀了他们！"

"加油！"

"上等的牛肉！"

……

周围的人见状更加兴奋地起哄，直到蒂弗顿老师出场才制止了这场闹剧。

在序幕落下前，我们再来关注一场对话。

小史蒂文斯，就是史蒂文斯的弟弟，这个黑点帮的独裁者（这是从迈克尔现代史课上借鉴来的说法），正在和他的副手——有点婴儿肥的庞森比小声交代："今天下午，吃过午饭就去参加秘密会议，暗号是'死者的箱子'，会签是'朗姆酒酒瓶'。"

"你是不是晕了，"庞森比小声地说，"那时我们应该待在休息室里。"

"我们可以偷偷溜走，反正不会点名。我们要办的可是生死攸关的大事。"

几个小时后，迈克尔的休息时间到了。他装上一支烟斗，沿着教

10

室之间通往操场的通道一路走着。两旁传来了课堂的讲课声,形成了合唱交响的效果,高音独唱和合唱交替出现。路过西姆斯的教室时,迈克尔听到了一阵既像花腔女高音又像女巫葬礼作法的声响。迈克尔耸了耸肩继续往前走,在他的左边又传来了蒂弗顿暴躁的声音,右边响起伦奇断断续续的授课声。虽然伦奇有些青涩,但听得出他还是有点教育天分的,迈克尔寻思着以后要对这个年轻人好一点。

一路上这些错综复杂的声音不断灌入耳朵。还真闹心,迈克尔想,自己在讲课时的声音八成也是这么令人讨厌吧,虽然当时自我感觉好极了。但不管怎样,再没有比珀西那种恫吓人的语气更讨人厌的了。对,我不喜欢他,我太讨厌他了,亲爱的希罗究竟为什么要嫁给他?

迈克尔想着想着,就走到了室外区域,他点上了烟斗,沿着大田庄和干草地之间的柏油路散步。

场地管理员莫德正在重新粉刷跑道。草地中间的圆形大干草堆让他想起了昨天的干草大战,真是打得不可开交。明天干草堆将被拆除运走。他走到小路的尽头,那儿是一片灌木丛。他掉转头,走过学校大楼和校长的住所,来到了私家花园高高的砖墙前。在这条路的尽头,靠墙的角落就是他和希罗的秘密邮箱。他们选择用通信的方式来传递这疯狂又不顾一切的爱。

他四周巡视了一下,确认没人看到他。然后他装作若无其事的样子假装蹲下系鞋带,他的心跳得快极了。再一次抬头四顾确认没人之后,他挪动一块松动的砖头,从洞里取出一张纸放到口袋里,又把砖头放回原处。然后他走回到田庄旁的一张椅子上,读她留下的纸条。

亲爱的，明天午餐的时候我在第五座干草堆那里等你。虽然有点冒险，但我必须见你，我一定要和你见面。希罗。

他满心欢喜地坐在那里，直到课间铃声响起，他才走进公共起居室。其他人一定能从他脸上看出他得意的心情吧！蒂弗顿用一种很奇怪的眼神打量着他。迈克尔竭力装作面无表情的样子，然而他根本掩饰不住，还是被看穿了。

"你刚才是磕了药吗，还是怎么了？"蒂弗顿问道。

"不，我刚休息了一个小时而已。"

格里芬走到他跟前问："午饭后你能帮我代一下岗吗？我想最后检查一下莫德是否把比赛场地都处置稳妥了。哦，另外，西姆斯想问问你能不能帮忙比赛的时候掐一下秒表。"

"当然可以，如果他不想干这事了那就我来。你确定是使用秒表吗，西姆斯？"说着迈克尔转向西姆斯问道。

"是的，我希望你来。我去年都掉链子了，我太兴奋了，以至于忘了按秒表按钮。"西姆斯点头。

"那好吧，不过我也不敢保证万无一失。"

"好吧，看在上帝的分上，不要在跑步比赛中出纰漏。"格里芬说，"我赌史蒂文斯会打破纪录。有人愿意跟我赌吗？没有吗？你们对于体育都没有感觉吗？二赔一？怎么样？"

"赌吧，就这么定了。"伦奇说。

这一章就此打住。

第二章

诗与挽歌

就在清晨,就在清晨
在那快乐的干草地

迈克尔的心中萦绕着这两句词,有时候差点脱口而出。中午,大家都去餐厅用午餐了,他借故离开,匆匆地走出了学校大楼。厨房的那一侧窗户完全看不到干草地上的景象。当然,教室后排可能会有人来回走动,如果有人看到我和希罗在一起,那就顺其自然听天由命吧,或许这正是我们向大家摊牌的时机。想到这里,迈克尔心底涌起一股暖流，注入全身，好像喝了白兰地一样兴奋。

他一向是个宿命论者——这样的人往往随遇而安，很少刻意地去计划什么。他扫了一眼窗户，发现那儿没有人，于是迅速从窗户之间的空隙穿过，径直走向堆着草堆的草地。

希罗已经到了，在那个大草堆后面，她身穿绿色的裙子，身边放着一个三明治。她像一颗玉米那般鲜嫩，浑身散发着活力。在一片干草香的包围中，迈克尔把她推倒后开始吻她。一阵微风吹来，把她金色的发丝吹到了他的脸颊上。

"亲爱的，你疯了。下次你会把我约在珀西的办公桌底下约会吧。"迈克尔吻着希罗喃喃地说。

"你介意吗？"

"我爱你，亲爱的。"

"亲爱的，你先停下等会儿再吻我，我想吃午餐了，我给你准备了三明治。"

"你刚才不是已经给我喝过'蜂蜜露水'了吗？"迈克尔抚摸着希罗的嘴唇说。

"亲爱的，你说甜言蜜语的时候太可爱了。"

"先不说这个了，你是用什么借口溜出来的？"

"我告诉珀西我想在室外阳光下吃午餐。他现在已经习惯了我不按常理出牌。"

"你知道吗，每当我们谈论他时都让我感觉怪怪的，就好像我们谈论的是你的姨妈，或是你的宠物狗，或别的什么事物。"

"哦,我明白那种感受。我真的从未爱过他,但自从我爱上你之后,我开始觉得他有点可怜,所以我对他的态度也和软了些,虽然这听起来有点奇怪,但事实就是如此。"

"女人总想两边都成全。"他轻声说道。希罗和他都意识到了这句话中带有一些嫉妒和醋意。

希罗说:"亲爱的,你这话说得好残酷。"

他立刻牵住了她的手,说:"我知道这话是有点残酷,对不起,宝贝。但你当初为何要嫁给他呢?"

"没有安全感吧。迈克尔,和他结婚纯粹是因为我缺乏安全感。你不知道作为一个女人,有时候多么渴望安全感和脚踏实地的感觉。但现在,我感觉不同了,有你在我身边,让我感觉自己变得轻松了,同时也变坚强了,我不再瞻前顾后、怕这怕那了,除非你不爱我了。"

"希罗,你比我勇敢多了。"

"我不知道。在真正的紧急情况出现之前都很难说,不是吗?有时候,我真希望突然爆发一个大事件,好给我们目前的这团乱麻做个了断。"

迈克尔轻抚她的手臂,试探地问道:"对于离婚这件事,你作何打算?珀西他会不会……"

"亲爱的,这个话题我们之前就讨论过了。我不确定他的态度,但我觉得他一定不会放手。而且,我也不想毁掉你的事业。"

"我的事业!"迈克尔苦涩地打断了她的话,"我只是这所学校的一个小教师而已。上帝啊！难道你还不明白，哪怕我是首相、是桂冠诗人、是舰队司令、是《泰晤士报》的编辑，我也宁愿放弃我的事业，只要你。然而问题在于，我没有经济实力，给不了你想要的那种安全感。"

希罗的眼里噙满了泪水，好像要哭了。

"哦，亲爱的，不是那样的，你知道我不是那个意思。只是想到你和珀西是夫妻这件事让我很沮丧。希罗，你也希望我们不仅仅是恋人，而是合法夫妻，对吧？"

"是的。"

"好吧，那咱们就和他摊牌好了。毕竟，凭我的智商我肯定能找个别的工作，哪怕写小说也可以维持生活了。"

"亲爱的，我觉得不能操之过急，对这件事我们要有耐心。我们现在这样天天见面，根本无法好好思考这个问题。我明天就要离开两个月，去妈妈那里陪陪她。如此一来，我正好有时间好好地想一想。等到了八月，我会写信然后说出一切的……"

"希罗，我爱你，那这一切就交给你来定夺了。我们时间不多了，大家很快就吃完饭了。"

接着他们深情对望，拥吻了良久。然后，希罗先起身离开。过了一会儿，迈克尔怀着痛并快乐着的复杂心情站起身，朝着灌木丛方向走去。

现在是下午两点十五分，校运会即将开始。

校长和校长夫人站在大门口，欢迎第一批到来的学生家长。迈克尔·埃文斯正在督促孩子们整肃着装：有个男孩被他送去舍管员那里，要换一条干净的裤子；他帮另一个男孩找到了丢失的长袜；他提醒再一个男孩出门前戴上帽子；他勒令又一个男孩不要在口袋里装大鸭蛋。同时，他还大声回答了不下十四个同学的接连发问，诸如"老师，我们需要穿毛衣吗"此类鸡毛蒜皮的问题。这一切都在一个有如放大数倍的嘈杂喧闹的蜂巢般的寝室楼里发生——今天是个特殊的日子，大家都开始无视保持安静的纪律。

在迈克尔看来，这种校内的喧嚣声对于教师来说，就像车水马龙的噪音之于城市居民一样。身处其中的教职员们必须很快学会如何屏蔽这种噪音，不然要么就会酗酒，要么就会发疯。

终于，男孩子们穿着干净的白色短裤、亮蓝色的运动上衣和长袜，整齐地奔向赛场。期待见到家长的孩子们依次向大门走去，一旦认出了自己的父母，步伐便不由自主地加快，然后他们会下意识地控制住步伐的节奏，当然年纪最小的孩子们还是会情不自禁地加速奔向父母。

迈克尔看到格里芬正向他走来，手里拿着一本练习本和一把发令枪。格里芬身穿双排扣灰色法兰绒西装，一副气势汹汹的样子。

"怎么着，你想把谁枪毙掉吗？"迈克尔开玩笑说。

"你能相信吗？那个白痴校工莫德，跑道上的跨栏放得太多了！"

"看得出来。看，加兹比来了，我们走吧。"

加兹比带着一身威士忌的酒气追上了迈克尔和格里芬，又开始唠唠叨叨地说些有的没的，直到珀西前去询问格里芬是否准备好了开幕式音乐伴奏带，迈克尔和格里芬才得以摆脱加兹比。迈克尔敏捷地向蒂弗顿身边走去，蒂弗顿一身行头打扮得很酷很清爽。

"刚从加兹比旁边逃出来的吧。"

"真的，那个人使我对我的职业生涯感到绝望。"迈克尔大声说。

"预备学校的老师们，"蒂弗顿顿了一下说道，"请大家站成两列，世故社会人和叛逆小青年。加兹比和我是世故社会人，你和伦奇是叛逆小青年。"

"我这队满员了。"迈克尔不太高兴地回答。

"我说，"蒂弗顿接着说，"老西姆斯应该已经打扮过了是吧？"他指了指正在和一位家长谈话的西姆斯，西姆斯身上是一套皱巴巴的式样老气的棕色西装。

"是的，我印象里，每年运动会他都会穿上那套衣服，一本正经地给这个世界增添笑料。"

迈克尔的目光穿过密密麻麻的人群寻觅着希罗。她就在那里，在一群活跃的女士和恭敬的男士中间。她看起来那么活泼，又如此能干。迈克尔讨厌看到她和自己处在完全不同的世界里，一阵莫名其妙的怒火油然而生。这股怨气让他觉得周围的人没有一个看得顺眼。眼前这些打扮精致、扭捏作态、叽叽喳喳的人们，让他作呕。女人们看起来就像涂了粉的干肉条，男人们则像迷失的羔羊，他们泡沫般脆弱的体面生活之下，是成千上万劳动者的血汗。

"这些小资人群看起来是如此走投无路，你觉得呢？"

"如果你想要谈论政治，最好去找叛逆青年队的伦奇。"蒂弗顿不屑地说。

"谢谢,算了。话说回来,伦奇在哪儿?"

"我不知道。有一阵儿没见到他了,我想他指不定正躺在那本有插图的《莫本小姐》小说上做春梦呢。"

"蒂弗顿,你的想法太变态了。看,勤杂工要打铃了,我得赶紧跑到终点那里,比赛马上就要开始了。"

赛跑项目的赛程正好绕着圆形赛道跑两圈,起点和终点在观众面前一目了然。观众席的男孩们开始为他们喜欢的选手呐喊助威。

"冲啊,史蒂文斯!"

"加油,安斯特拉瑟!"

"威尔金森!威尔金森!"

一个戴着眼镜的大耳朵男孩正在给他的朋友们进行现场赛事直播,声音大而有穿透力:"这里是苏德利堂的运动场,比赛即将开始。选手们正在脱外套,他们在排队。史蒂文斯在哪里?我还没看到史蒂文斯,哦,他在那儿,在外圈赛道,这是夺冠热门选手的专用赛道。格里芬先生即将扣响他的发令枪,著名枪手爱德华·格里芬先生,请你对着麦克风说几句话好吗?不,也许他不想说话。现在选手们各就各位!不一会儿,你就会听到枪声。嘿,发生了什么?我看不太清楚……滚开,拜尔斯,你这个小混蛋……咦,史蒂文斯蹲下来了?哦,他正在系鞋带。这下选手们全都准备好了。各就各位!预备——老天!老格里芬的手枪又卡住了……好,现在调试正常了。各就各位!预备——跑!你现在听到的是发令枪响的声音。他们正跑过第一个转角,安斯特拉瑟领先,好样的,安斯特拉瑟……"

突然,解说被一阵热烈的尖叫声盖过:"加油,史蒂文斯!史蒂——文斯!"

这是一场精彩的比赛。在莫测的命运即将到来之前,这场比赛对于迈克尔来说,就像战场上的士兵在硝烟和枪炮声中回忆自己温暖的童年:草地上的蟋蟀、农庄的热茶、骏马头顶上的天际线,这些美好的片段是他们和日常生活的重要连接点。而眼前这场激烈的比赛,迈克尔将会记住的细节包括:棕绿色的短草、运动员们优雅的姿态、秒表在手心里微微发烫的触感。安斯特拉瑟在最后一个弯道领先,但脸色苍白的史蒂文斯飞速冲上去,在距离终点线三码[①]处超越了他。

以上这些画面在迈克尔的脑海里一遍又一遍地浮现,就像一个快要溺亡的人于生命的最后关头在脑海中回顾一生。史蒂文斯第一个到达终点,迈克尔下意识地按了一下秒表,情不自禁地笑着,激动的眼泪夺眶而出。他这才意识到有人在捏他的手肘,他低头看到了激动的西姆斯,平日里他那双呆滞的眼睛在厚厚的眼镜片后灵动了起来。此时此刻,他对这个不起眼的小个子男人产生了一种奇怪的好感。

"天哪,"西姆斯激动地说,"多么激烈的比赛啊!他打破纪录了吗?"

迈克尔这才想起看一下秒表的读数。是的,史蒂文斯以快五分之一秒的速度打破了校纪录!观众如潮水般涌到场中欢呼,史蒂文斯的

[①] "三码"原文"three yards",1码等于3英尺,约为0.9144米。下同。

成绩被写在了黑板上,下面标注着"校纪录"几个字。所有人都在欢呼鼓掌,大家争先恐后地挤到史蒂文斯身旁,就为了拍一拍英雄的后背,而史蒂文斯则被激动的人们拍得几乎喘不过气来了。

比赛继续进行,无聊的家长们开始三三两两地闲聊。这群本地成功人士不太自在地站在一排银杯后面高谈阔论,将跑步与公民身份、爱国主义、基督教等抽象主题联系在一起。随着现场的更多欢呼声和掌声,校运动会于下午四点半正式闭幕。家长们纷纷离场,有的同校长一起喝茶,有的带着孩子去邻村用餐,其余的孩子们和教工们去餐厅吃简餐。

每一个孩子都有自己的事情要忙,没有人意识到,他们的一个同学就静静地躺在离他们不到一百码远的地方,已经躺了不知道多久,脸黑得吓人,舌头被含在牙齿之间。

茶歇时间结束。西姆斯、迈克尔、加兹比和伦奇坐在公共起居室里,看上去筋疲力尽。格里芬在外面清点运动器材。

"好了,"加兹比感慨道,"终于结束了。在这样阳光炽热的午后,能喝上一杯茶,感觉真是太好了。像今天这场赛跑那么精彩的比赛近期都很难看到了!是吧?迈克尔?"

"是啊,这场比赛真令人叫绝,"伦奇点上了一根烟,"史蒂文斯在最后一个弯道超车冲刺的样子,太帅了!"

"老伙计,你弄错了,他明明是在直道上超越的对手。"加兹比提出异议。

"这我知道,但他拐弯处就加速追赶了,难道不是吗?嗯?"伦奇的口吻有些江湖气。

"比赛开始时的情况你没看见吗，伦奇？"西姆斯问，"你当时站在哪儿？"

伦奇俯下身，把烟灰弹到炉栅里，心不在焉地说："哦，我在闲逛，在家长那里刷一刷存在感。"

蒂弗顿打开门走了进来，他刚才一直在四处巡视。过道里有个男孩用刺耳的声音喊着："我的老天爷！威姆斯！威姆斯那家伙在哪儿？我想向他借点钱，他就这么溜走了……"

"我想着，"蒂弗顿嫌吵，便把门关上，坐在椅子上，对大家说，"7点开始点名，对吧？"

"蒂弗顿，今天是你值班吗？这工作可不好干。那些跟父母出去玩的小捣蛋鬼们估计有一半都会生病。"加兹比说。

"蒂弗顿可以拿着铲子和水桶跟在他们后面。"伦奇瓮声瓮气地在一旁补刀。

"去你的吧！"

时间到了晚上7点，兴奋了一整天的孩子们还没有完全恢复平静。蒂弗顿去休息室点名了，可有一个人的名字始终没有回应。

"沃尔特？"

"到！"

"沃德？"

"到！"

……

"威姆斯?"

"威姆斯!"

"威姆斯!"

"有谁知道威姆斯在哪里?"

"那条虫子,可能被扔到珀西的废纸篓里去了。"有人开玩笑。

"他可能去酒吧喝酒了。"孩子们的回答尽是些有的没的。

蒂弗顿问道:"他跟亲戚出去了吗?"

大家都沉默了。

"不会吧?"蒂弗顿不耐烦地问道,"他一定跟谁说过的,他是不是要出去?"

站在后面的一个小男孩站了起来,每个人的头都转向他,好像其他人是他手中牵着的木偶。

"先生,他……他告诉我他……他不想出去。"

"他什么时候告诉你的?"

"昨天,先生。"

周围的人纷纷开始议论:

"先生,他是不是要逃课了?"

"终于解脱了。"

"先生,也许他被绑架了。"

……

"肃静!大家都安静地坐在桌子前。组长们,看好其他同学们别让大家到处乱逛。"

说完，蒂弗顿走到办公室区域，并在校长的办公室里找到了校长。

"我刚点名的时候，威姆斯不在。"

校长珀西·瓦尔从他的写字台后猛地转过身来，惊讶地说："你是说我的外甥不在？那是不可能的！"

蒂弗顿便把他刚才点名时的情况说了。

"既然他不在，也没人知道他去哪里了。他离开过学校吗？"

"离开学校？不，我不记得了——我去查看一下。"

校长打开抽屉，看了看里面放着的一叠学生名单，说："不，不会有人带他出去的，这事不正常。除非厄克特开车过来，那样他会提前通知我……你确定他真的不在学校里吗？"他开始不安了。

"我想还需要对此进行进一步的搜索和确认。"蒂弗顿用他最正式的语气回答。

"呃，是的，你说得对。你有什么建议？"

"也许我们应该先问问舍监。也许他觉得不舒服，去了卫生室。"

舍监是一个身材高大、举止沉稳的女人，被叫过来询问之后，她用很恭敬的口气回答："威姆斯小主？不，他没有来过我这里。"

校长稍作镇定，吩咐蒂弗顿让男孩们待在客厅里，然后让舍监带着用人们把大楼彻底搜查一番。而他自己则匆匆赶到公共起居室，其他的老师们正在那里吃晚饭。

"我的外甥威姆斯失踪了，你们谁有什么消息吗？"

无人回答。

"舍监正在派人搜查整个大楼，最好有人能去操场看看，以防他遇到什么意外。你能安排一下吗,加兹比?"

"当然。不过我想你应该先给警察打电话吧?"加兹比直通通地说。

"警察?"

"嗯,我的意思是他可能离家,哦,是离校出走了。"

"请问,他为什么要采取这样不寻常的做法呢?你是在暗指有原因导致他离开?加兹比先生,你不是在开玩笑吧?"校长略显不悦。

加兹比不再多说什么,搜寻工作启动了。加兹比来到大田庄进行搜索,西姆斯去了远处的草地,迈克尔被分到花园,格里芬和伦奇则被分到灌木丛区域。而干草堆那里,直到很晚都一直有工人在那里工作,所以大家都认为没有必要在那里搜查,也是为了避嫌,免得校长外甥失踪的事情被那群工人们拿去嚼舌根。迈克尔闷闷不乐地踱了大约十分钟,他心里想着希罗,一边咒骂着这出寻人闹剧,一边往灌木丛里看着。

搜索的人马再次汇合时,还是没有人找到威姆斯的踪迹。舍监和她的助手们也没有找到任何线索。在客厅看守孩子们的蒂弗顿则再一次询问了在场的所有学生,原来整个下午都没有人见过威姆斯。

珀西·瓦尔校长终于认怂了,他默默地接受了加兹比的建议,给当地警察局打了电话。在电话里,珀西把威姆斯的特征,失踪的时间、地点都详细地说了一遍。斯塔弗顿警方答应会仔细调查,并且警长会带着助手尽快赶到。

教师们刚在起居室坐下,就听见外面传来了靴子的踩踏声,紧接着一个人影从窗口掠过,跟跟跄跄地朝校长的办公室跑去。几分钟后,蒂弗顿就被叫了过去，可是很快他又回来了，苍白的脸上满是茫然的表情。良久，蒂弗顿喃喃地说：

"珀西让你们都去他的办公室，工人们在干草地里找到了威姆斯。被发现时他已经被人勒死了。他们是在拆干草堆的时候发现的，他在其中的一个干草堆里。"

第三章

警方介入

当大家还在教堂做礼拜时,全校师生突然接到通知,做完礼拜后立即集合。联系到之前发生的人口失踪事件,孩子们知道一定有很严重的事情发生,同时他们都在暗自庆幸那个成为焦点的人不是自己。

迈克尔也是这样的心态,虽然威姆斯的死让他感到不安和不适,但毕竟这事跟自己没关系,凶手又不是他,想到这里,他就轻松多了。接着他的思绪开始天马行空起来,像一台踩了离合器的发动机一样加速运转。

首先,这个突发事件出现,希罗肯定是走不成了,这对自己是个利好。但为什么有人会做出这种事情来呢？会是谁干的？谁会在干草堆干掉威姆斯？带着晨间露水的干草堆是个多么美好的地方，然而却有人选择了在那里下毒手。蒂弗顿看起来脸色很差，嘴唇都在抽动，他是要哭了吗？真想知道具体是在干草堆的什么位置，但愿警察来了之后不会把事情弄得一团糟。不过，在干草堆约会的时候，希罗是多么惹人怜爱，多么光彩夺目。究竟是哪一个干草堆呢？但愿不是第五个，当然有五分之一的概率还是在那儿。希望案发现场不是在五号干草堆，但愿不是那儿。那里有我和希罗的秘密，那是我们的快乐源泉。

胡思乱想了半天，迈克尔发现自己已经站在校长的办公室里了。校长红色的脸颊有点发青，他不时地戴上又摘下夹鼻眼镜，环视了一下立在周围的教师们，只有蒂弗顿不在。大家都不安地沉默着，似乎像在车站给某人送行。

迈克尔用礼貌而又周到的言语安慰了一下慌乱的校长，瓦尔校长回答说："谢谢你，迈克尔·埃文斯，谢谢你。我——这个令人震惊的消息让我失去了勇气。这样的事情在我们学校还从未发生过。"

格里芬并没有被这种场合吓到，他给迈克尔递过去一个意味深长的眼色。瓦尔校长开始断断续续地说一些暴露情绪的话："这个孩子太不幸、太可怜了！我无法理解为什么有人要置他于死地！这桩丑闻将公之于众！我已经让蒂弗顿告诉孩子们，我的外甥遭遇了一场致命的意外。不过，家长们现在还暂时不知道究竟发生了什么。我已经给马多克斯医生打电话了，他马上就到，当然还有警察也会来。格里芬，如果你等会儿能去接待下医生，然后带他去看现场，我将不胜感激，我不忍再去看现场了。如果有谁觉得我们还能采取哪些措施，请尽快提出建议。"

迈克尔意识到瓦尔校长这是在找人分担责任，于是他说："也许西姆斯和我可以出去看看外面的情况，确保不让其他人扰乱案发现场。一般警方会希望所有的东西都尽可能保持案发时的样子。"

"当然可以，迈克尔，当然可以，很好的建议。"

"不过，校长，我们难道不该……嗯……联系死者的家属吗？"西姆斯弱弱地说了一句。

这句话让珀西·瓦尔有些恼怒，他说："我亲爱的西姆斯，这种事情我自己会安排，也没有必要向你汇报。关键在于，在这里，我就是这个男孩关系最近的亲戚。如果你没有更有用的建议的话，那你还是去配合迈克尔，做点实际的事情吧。"

西姆斯的脸刷的一下红了，迈克尔在一旁都觉得很尴尬。瓦尔校长对自己的反击感到很满意，便示意教师们各就各位。

西姆斯和迈克尔一起走了出来，往案发地点走去。不知怎么的，迈克尔有一种不祥的预感。他远远地朝干草地望去，一群拿着干草叉的人围绕在一个干草堆旁，那正是第五座干草堆。那座草堆已经被拆掉一半，夕阳的余晖洒在旁边那辆红黄相间的新马车上，场面有些惨淡。当迈克尔和西姆斯走近时，工人们便自觉地后退了一步。阿尔杰农·维文·威姆斯的尸体扭曲地躺在被拆除的一堆草上，衣服上还粘着几根稻草。他原本就是个长相一般的人，如今的场面更加不堪，这种死亡的方式对他而言相当残酷。迈克尔忍不住转过身去，他感到极度不适，西姆斯则目不转睛地看着那具尸体。

工头沉重地走到迈克尔跟前，推了推自己的帽子说道："这是个麻烦事，先生。看起来他像是被谋杀的，"他拿起叉子，"我们有个伙计把他的外套落在草堆下面了，所以我们才把这个草堆掀开，结果发现他就在那儿。"

旁边的工人纷纷附和道："我们弄了好一阵才发现他的，翻出来的时候他已经是尸体了，先生。"

迈克尔问："顺便问下，你们挪动过他的尸体吗？"

"没有先生，"有工人回答，"可我们最好把这个可怜的年轻人转过来，让他的姿势看起来更舒服一点。"

"你真是个大傻瓜！别动他，警察不会让你去乱动尸体。所以我让他立刻去告诉瓦尔校长，事情的经过大概就是这样。"工头说道。

"好吧，谢谢，其他人可以先回去了。不过等会儿警察来了，他们搜查现场的时候，应该还会问你们一些话。"

伦奇从校外跑着过来了，当他靠近时，迈克尔惊讶地发现他脸上露出了好奇的表情。那种好奇里似乎还有解脱和恐惧，但来不及多想什么，伦奇已经来到草堆旁，他看了一眼尸体，就后退几步，开始干呕。

西姆斯见状连忙把他拉到一边，然后问迈克尔："迈克尔，你之前接触过类似的事情吗？我的意思是，他看上去好像已经死了——而且死了很长时间了。"

迈克尔也有同样的感觉，不过他说不出判断的理由。威姆斯看上去确实死得不能再死了。伦奇也听到了西姆斯的话，他转过身来，紧张兮兮地问："你是什么意思？"

"是这样，我刚想起来，在我们开始搜索之前，格里芬今晚稍早的时候还在那边活动，这就意味着，如果威姆斯是在晚上被干掉的话，那么格里芬肯定会看到的。再之前是运动会，这里全都是人，更不可能。所以唯一剩下的作案时间是午餐到下午两点半之间。"西姆斯以一种不易被察觉的得意之情阐述了他的推论。

"既然如此，"伦奇说，"我想我们大家都会被问到那时我们在什么地方，所谓的不在场证明。"

另外两个人沉默了好长一段时间，各想各的心事。伦奇便不太友善地说："西姆斯，你难道是秘密警察？就凭你那一段莫名其妙的推理，我们就要开始想不在场证明？那你有完美的不在场证明吗？"

"实际上，我刚刚想到了我的不在场证明，不过并不算是完美的。"西姆斯慢条斯理地回答。

"好吧，别担心，"迈克尔说，"真正的凶手总是有完美的不在场证明的，他们的不在场证明可能比我们这些吃瓜群众的不在场证明更完美。"

话虽如此，迈克尔当时心想，如果西姆斯的推论是正确的，那自己的处境可就尴尬了。他最担心的事情发生了，尸体就在第五座干草堆。现在的情况让他置身于危险的境地。当他正在不安地思前想后时，格里芬和马多克斯医生来到了现场。这位校医是个胖胖的小个子男人，走起路来似乎一蹦一蹦，浑身流露出一种温文尔雅的气息。平常迈克尔看到他穿着精致的漆皮鞋一蹦一蹦地走过来，他都会觉得很好笑，但现在他可笑不出来。

"晚上好，先生们，"医生说道，他尽量不让自己发亮的脚尖碰到尸体，"太可怜了，这个小家伙太可怜了。好吧，开工！"

他跪在尸体边，把他的黑背包放在身前，开始工作。迈克尔的脑子里不由自主地出现了"检查"这个词。格里芬的脚跟在地上不安地搓着，就像一个准备上场的替补球员。伦奇朝身后匆匆瞥了一两眼，然后回过头来，打了个寒战。

"哦，他们面面相觑，然后把目光移开。"迈克尔发现自己在喃喃自语。

"你在说什么？"伦奇问。

"没什么。"

马多克斯医生挺直身子，自怜地瞥了一眼自己湿透的膝盖。

"我的天呐！我的天呐！"他喊道，"这个死法太不寻常了，而且很惨。看来这是一场谋杀或者过失杀人无疑了。看起来死者是先被凶手掐死的，你们看这些淤青。一根细绳系在他的脖子上，你们可以很明显看到那条红线，它已经陷得很深了。"

没有人愿意去核实这个判断，一片尴尬的沉默之中，迈克尔克制住自己不去问那个大家都想问的问题，但西姆斯还是问了出来："医生，根据你的判断，他死了多久了？"

医生滔滔不绝地用专业术语在诠释他的看法，众人屏气凝神地听着。

"简单来说，"医生总结道，"尸体已经完全僵硬，这意味着他已经死了四到六个小时了，如果尸体一直躺在干草下，则会减缓尸体变硬的速度，也就是说，如果要粗略地确定死亡时间，那么他的死亡时间可能是在四到七个小时之前。"

伦奇用右手盖住了左手腕上的手表，暂停了一会儿，他又把右手从手表上移开："现在时间是晚上 7 点 55 分。"

现场至少有三个人迅速推算出了死亡时间，不过还没等大家开始讨论，不远处传来了一阵交谈声，一行人从侧门里走了出来，走在队伍前面的是瓦尔校长和一个脸色苍白的大个子，他就是斯塔弗顿的警长。这两个人后面跟随的是一名巡警和另外两个副手，其中一人拿着一台照相机。

"这是阿姆斯特朗警长，"校长介绍着，"警长，我想您应该认识马多克斯医生。这些先生们都是我的教师，西姆斯先生、迈克尔先生、格里芬先生、伦奇先生。"

"很高兴见到你们。"警长敷衍地点点头，教师们礼貌地小声问好。

校长接着说："如果您需要什么帮助，这些先生们一定会……"

"谢谢您，先生，"与读书人之间彬彬有礼的谈话风格不同，阿姆斯特朗直接地打断了校长的话说道，"有困难时我一定会向您寻求帮助。现在请各位先生都进屋去，今晚我会听听各位的证词。是谁最先发现了尸体？"

工头走上前来。

"请您先等一会儿，马多克斯医生，我现在想先和你谈谈。"

老师们被直接打发走了，几个人便拖着脚步往宿舍走。格里芬和迈克尔走在其他人后面。格里芬低声说:"我不喜欢他。"

"我个人认为他是……"

"你也许是对的。"

晚饭的时候气氛很压抑,孩子们都很沉默,一个个把耳朵竖起来试图听到大人们的饭桌上传来的消息。但他们不可能听到什么,因为警方要求严格保密。但正如格里芬所说,在一群警察在后窗外徘徊的情况下,想隐瞒这件事几乎不可能。而迈克尔则庆幸晚餐时间没有像往常那样吵吵闹闹,因为他正在做一个艰难的决定。吃完晚饭后,他便去校长的起居室找希罗。幸运的是,他发现她一个人坐在那儿,饭也没吃,看起来孤孤单单的一个人很凄凉。她抬起头来看着他,嘴角一弯,半是挑衅,半是悲伤。

"你这样直接来找我这是不是有点冒险了,亲爱的迈克尔?"

"听着,希罗,如果有人问起你就说,今天午餐时我没和你在一起,你一个人在干草堆那里。"

"为什么?"

"你还不明白吗?亲爱的,他们一定会问我们各自都到哪儿去了,马多克斯说凶杀案可能发生在下午 1 点到 4 点之间。"

"明白了,虽然我们能为彼此提供不在场证明,可那样就会把我们的事抖搂出来了。"希罗微笑着嘲讽迈克尔,"对吗?迈克尔,你可真有绅士风度啊。"

有脚步声从走廊里传来,迈克尔来不及解释了,匆匆又嘱咐一句:"务必要按我说的做啊。"

"好吧，"她低声说，"我给你找点东西。"这时门开了，瓦尔校长走了进来，警惕地打量着他们两个。

迈克尔打了个哈哈便闪身出去了，瓦尔有点恼火地问希罗："迈克尔想干什么？"

"哦，为他即将出演的戏剧找几件道具。"希罗掩饰地回答。

"都这个时候了还惦记着演戏？希罗，这一切太可怕了，我的一生都献给了这所学校，整整十五年了。可悲剧就这么发生了，发生在我视如己出的孩子身上！"

"没人会说这是你的错。"

"当然不会，"他不耐烦地说，"但这根本不是问题的关键。你很清楚任何丑闻都足以毁掉一个学校，学校倒了，我们该怎么办呢？"

"我想我们也不至于饿死。原来我们办这所学校只是为了钱，好了这下我明白了。"希罗冷冰冰地说。

"亲爱的，你怎么能说出那么残酷的话。希罗，我都认不出你了。在这种情况下，我还以为我的妻子能温柔地安慰我。"

希罗无奈地叹了口气，这个老人寻求的是怜悯和劝慰。看着丈夫可怜忧愁的样子，希罗几乎有些心软了。不，她又坚定地对自己说，我爱迈克尔。我不会把对他的感情分给第二个人。怜悯并不是爱情。她冷静地望着她的丈夫，瓦尔脸色苍白，呼吸声很重。

她说："我对自己刚才所说的话感到很抱歉，我想我自己也有点过度紧张了。"

"是的，是的，这对大家来说都是一个艰难的时刻。"

希罗试着想开个玩笑，便说："尤其是对我们这些有嫌疑的人来说。"

"有嫌疑？你疯了吗，希罗，天哪，你是指那些财产。怎么，你不会真的以为……"

"嗯，警察大概会寻找作案动机。"

希罗还在说着风凉话，但当她抬起头来的时候，她惊愕地看到丈夫面露恐惧的神情。她心想，天呐！看他现在这个崩溃的样子，好像这事真是他干的。

两个学生把小鼻子紧贴在三年级教室的窗户上，从那里直接能看到干草地。这是黑点帮的首领小史蒂文斯和他的手下，他们机敏地觉察到有麻烦发生，于是逃了晚上的祈祷课，来到这里打探，企图得到所谓的"独家新闻"。

"瞧，史蒂文斯，那一定是警察头儿——戴扁平帽的那个。"

"那个是'警长'，你这个笨蛋，不是'警察头儿'。"小史蒂文斯严厉地说。

"他可真是个大块头！比格里芬还胖。"

"可我敢说他没格里芬那么壮。你还记得格里芬两只手分别把我和你同时举过头顶的那次吗？"

"威姆斯可真是太惨了，虽然他只是个无足轻重的角色，可我想知道究竟出了什么意外。"

"意外？你这小傻瓜，你不会真以为这是个意外吧？如果这是场意外，就不会有那么多警察。"

"不会吧！你的意思是？"

"是谋杀，他被干掉了。而且——"小史蒂文斯阴沉地说，"我知道是谁。"

"哇！告诉我！我们要去找他吗？是谁？"

"别对着玻璃哈气，你这笨蛋，我什么都看不见了。"

庞森比连忙用袖子擦去玻璃上的雾气。

"我不能告诉你，"小史蒂文斯接着说，"你只会在学校里到处嚷嚷。"

"哦，史蒂文斯，我保证不会乱说——嘿，那个拿着相机的家伙在干什么？"

"他在拍案发现场，在谋杀案中破案人员都这么做。老天，你还不明白吗，这更加证明这是一起谋杀案。"

庞森比睁大了眼睛，对对方的逻辑推理表示赞赏，然后把脸紧贴在窗玻璃上。

"看啊，他们把他抬起来了，要把他放到干草车上。我没看到血迹，你看见了吗？他看起来是不是很吓人？我有点不想再看下去了，我得撤了。"

"那你走吧，我要在这里坚持到底。快回来！他们把干草都翻过来了，我想这是在寻找线索。"

庞森比又回到窗口，看了一眼说："现在他们把车开走了，不知道他们要把尸体带到哪里去，是墓地吗？"

"你觉得葬礼当天学校会给我们放半天假吗？"

"有可能。看，警探发现点什么，他用手帕把它包起来了，为了避免留下指纹。"

"糟糕！他会拿走我们的东西吗？"

"闭嘴！我看不见了，天越来越黑了。他拿走的是颗子弹吗？"

"不，是一支铅笔，一支银色的铅笔。"

第四章

口头问询

午后，迈克尔望着尘烟弥漫的公共起居室，老师们正在那里三三两两地聊天，似乎是在掩盖这个平静生活中突然出现的意外。然而，这一事件的阴影却笼罩在所有人的心头，挥之不去。此刻，警察已经在干草地里忙活了好一会儿了，看起来是在检视着干草堆附近能找到的所有物件。

不远处的干草车正在装载一捆捆的干草，球场边缘一排田凫忽高忽低地飞着，上下扑腾的翅膀在光晕下很好看，像月色下湖面上的涟漪。蒂弗顿在公共起居室里，望着窗外忙碌的人们，脑海里想着的都是生命和死亡、犯罪和清白这样的概念。

除了几个非常年幼懵懂无知的男孩子之外，学校里的所有人都被这件事完全地牵动了心弦。

不久，警长走进了休息室。男孩们纷纷用礼节性的眼神向他致意，平常校园里来了陌生人他们也是如此——阿姆斯特朗警长则有些手足无措，但他看到男孩们都用尊敬的目光看着他，他便受到了鼓舞，伸出食指调整了一下衣领内侧，脸上显露出一副慈祥的表情。

他开腔说道："想必你们也都听说了些什么，是的，学校发生了一件不幸的事故。我奉命前来调查此事，希望在座各位年轻的先生们能给我提供帮助，我相信你们都会全力配合的。"

这话说得滴水不漏，即便是最爱挑刺的同学也挑不出这段话的毛病，协助警方调查本来就是理所应当的。警长也自我感觉不错，便接着说："现在我想知道的是，你们有没有人在午餐时间见过你们的这位……玩伴？"

听到"玩伴"这个词，男孩们开始骚动起来，不管是最后排的"老油条"，还是最前排的"乖学生"，都开始交头接耳议论纷纷。刚刚说话滴水不漏的警长因为用错了"玩伴"这个词，顿时让他的形象严重受损。在接下来的好几个星期里，"玩伴"这个词成了被大家反复提及的笑柄，甚至一度还成为一句骂人话。

但不管怎么说，问询还是顺利进行了。根据各方的反馈，午餐时候，威姆斯已经不在大家身边了。因为有几个男孩提前被父母接走，到外面吃午餐，所以大家都以为威姆斯也是如此，因此没有人在意这件事。

接下来就是运动会,校园里到处是人,也没有任何人看到他的身影。

纵然阿姆斯特朗警长是个眼尖的人,但他也没有察觉到,密密匝匝站着的八十个男孩中,有一个男孩在他问第二个问题时轻轻举手又迅速放下;他更没注意到,当他问第三个问题时,有两个男孩的神色变得有些紧张。

问询结束,他大步流星地离开了房间,男孩们则再一次开始七嘴八舌地议论。

当珀西·瓦尔看到警长来到校长室时,他明白,该轮到自己接受警方的问询了。他感觉自己就像突然接受宙斯拷问的克罗诺斯,这次谈话的主导权完全在对方手里。

"好吧,先生,"警长说,"让我想想,到目前为止我所掌握的情况是否正确。据我们了解,这个男孩最后一次出现是在今天的最后一堂课上。但直到晚上7点大家才发现他失踪了,这才开始四处搜寻。从工头的证词来看,尸体是被刻意藏在那里的,这一点很明显。"

"尸体可能是在凶杀案发生后,到了晚上被藏在那里的。"校长补充道。

"当然有这个可能,先生,看来我们竟然没有想到这一点呢。"警长客套并略带调侃地说。校长听罢感觉不太自在,便在座位上调整了一下坐姿。

"先生,您应该当校长很多年了吧?"警长接着问,"您的教职员工们都和您共事很久了,是吗?"

"是的,除了伦奇,他上学期才来的。"

"这位伦奇先生是个怎样的人？"

"嗯，我对他的教学能力感到满意。虽然他不是学者型教师，但是他认真负责，做事有规矩。"

"我指的不是他的教学能力，而是他的性格。"任何人同珀西·瓦尔谈话，都免不了被他那种分步式表达法影响。

"哦，他的性格？他的大学给他写了很客观的推荐信。我和他的接触除了工作之外并不太多。他给我的印象是沉默寡言，而且他比较完美主义。我怀疑他的政治主张是否也……不过，当然，他算不上是一个……一个……啊……那个……"校长支支吾吾的，面露难色。

"您是想说他算不上是一位绅士吗？"阿姆斯特朗警长接过话来，顺便安抚了一下紧张的校长，"没事，有时候会这样的，突然想不出来该如何表达。目前来看，我们的进展并不顺利，请您和我们保持联系。顺便问一下，您为什么不在发现孩子失踪后马上报警呢？直到七点半我们才接到你的报警电话。"

"我当时无论如何也想不到我的外甥被谋杀了。"校长面露不悦。这回轮到警长不自在地在椅子上调整了一下坐姿。

"所以你当时的判断是，出走逃课，或是其他什么事情？"他反问道。

"其他事情的可能性更大一些，"瓦尔先生回答道，"我猜想他可能是遇到了什么突发事件，我们的学生没有……逃课的习惯。"

"原来如此。你在7点25分第一时间被告知了这个惨剧的发生，是这样吗？"

"是的。"

"然后您让蒂弗顿先生把这件事通知其他员工,同时您打电话给马多克斯医生和警方。"

"是的。"

此时外面大厅里的电话响了。校长刚要起身去接,阿姆斯特朗警长举起他的大手说:"您不用亲自去接,先生。皮尔森警官会帮您捎口信的。"

校长回到座位上,疲倦的脸上带着微笑说:"您好像已经把学校接管了。"

皮尔森警官进来汇报说,是马多克斯医生的来电。阿姆斯特朗便起身去接电话,片刻之后,他又回到校长室里。

"现在,先生,"他快速地说,"我可以再问你几个问题吗,只是一些常规问题。"

"当然可以。"

"请您把1点到4点之间您的行踪告诉我。"

"哦,好吧,让我想想。我在学校一直待到12点45分,然后我去食堂用餐,一直待到一点半。"

"全体员工都去吃午饭了吗,先生?"

"是的。哦,不,我差点忘了,迈克尔·埃文斯请假了。"

阿姆斯特朗一边听一边在他的笔记本上写着什么。

"他请假的理由是?"

"没说。我觉得不必问那么细……"

"明白了，然后呢？"

"我就在这个房间和我的妻子交谈了大约一刻钟，之后我去更衣室换衣服，然后就去会见了学生家长。你知道，今天是我们的运动会。"

"学生家长是什么时候到的？"

"我估计2点15分左右吧。"

"我有点不明白，从1点45分到2点15分，你都在更衣室里换衣服？"

"嗯，我想我可能躺下来休息了一段时间，我不可能记住每一个细节。"

"冒昧地问一句，先生，有谁能证实你的话？仆人或者你的妻子？"

校长向警长投去了犀利的眼神，是那种能吓住不守规矩的家长和孩子的眼神，然后有点愤怒地说："太令人发指了！我没有杀人！从1点45分到2点15分，我一直待在自己的房间。如果我的话不可信，那任何人的话都不可信了！"

"不是您想的那样，先生。查案的时候，任何人的话都不能轻信，我们的职责就是多方印证以取得真实的信息。如果从一个人那里得不到有效真实的信息，我们也会设法从另一个人那里得到。"警长的口吻非常坚定。

珀西·瓦尔察觉到了警长的态度，他依然有些愠怒地说："那个时候，我妻子有一段时间待在卧室里，她的卧室紧挨着我的更衣室，我们隔着门说了几句话。我能找到的证明就这么多了。"

"大概是几点呢？"

"我妻子大概两点过后不久来的,然后我们一起下了楼。"

阿姆斯特朗听罢松了一口气,并相对轻松地从校长口中了解到其他内容:男孩的父母已经去世,因此校长是男孩关系最近的亲戚,他和詹姆斯·厄克特先生共同承担监护责任,厄克特是斯塔弗顿的律师。当天下午,没有人带男孩外出,校长也想不出有谁会带走他的外甥。

在整个问询的过程中,校长还头头是道地分析称,可能是某个流浪汉杀了这个孩子,因为他的口袋里经常有不少钱,被坏人盯上很正常。直到警长离开,要和校长夫人"聊几句"时,校长才意识到,擅长掌控情绪的警长把他完全操控在掌心,就像格列佛掌控小人国国王那样。至于阿尔杰农·维文·威姆斯的死亡能给"他关系最近且尚在世的亲戚"带来多大的好处,警长却没有过问。

与希罗·瓦尔谈话时,阿姆斯特朗警长像变了个人。他的眼神含蓄地打量着她的美貌,他的声音也为了照顾对方的不悦情绪而变得柔和了许多。

"夫人,您一定受到了很大的打击。不过为了例行公事,还是想请您回答几个问题。"

"请便。"

"您有没有注意到您的外甥是否在食堂吃午餐?"

"没有,因为我当时不在食堂。"

警长轻轻松开交叉的双腿,用最温和的声音说:"哦,原来如此。那确认一下,您在哪里吃午饭呢?和朋友一起吗?"

"不,我一个人,我带了三明治到外面的干草地里。您可以问我丈夫，有时候我就是那么特立独行。"

"这不奇怪，我的意思是，晴朗的日子里喜欢在户外吃饭是很自然的事。那么，您在户外用餐的时候，有没有看到您的外甥或其他人在那儿呢？"

"不，我并未注意到有什么异常情况。但我当时所坐的干草堆，恐怕就是他们发现尸体的地方。"

"您说得对，这一定让您痛苦不堪。但是，说真的，这一点对我们来说很幸运。"

"哦？"

"是啊，您不明白吗？这意味着谋杀的时间更精确了，除非尸体是后来被运到那里的。"警长热切地眨着眼望着她，就像循循善诱的叔叔向他的小侄女展示一件新玩具一样。

希罗意识到他在努力让她平复心情。这个眼神是不是想让我放下戒备？她心想。

警长发现她意识到了这一点，便有点唐突地接着说："那之后您又去哪里了呢？"

"在孩子们吃完午饭前，我就回到房间了，和我丈夫在一起待了一会儿，然后，我开始料理运动会的事，准备椅子和运动用品之类，再然后我上楼去穿衣服。"

"那时大概是几点呢？"

"我上楼去的时候，大厅的钟刚敲两点。"

"瓦尔先生和您一起上楼了吗？"

"噢，没有，我走进卧室时，他正在他的更衣室里。"

"我知道了，非常感谢，瓦尔夫人。我想我不会再麻烦您了。"

阿姆斯特朗警长又来到了早餐室，还有很多人等着他去询问。工作量真的太大了，不过，皮尔森警官一直在旁协助，他准备了一块大的背景记录板并且随身带了枪。

下一个接受问询的是蒂弗顿。从午饭到两点半，他一直待在公共起居室，除了偶尔去一下休息室看看那些等候中的男生们有没有不守规矩。

"跟你在一起的是哪位老师？"

"让我想一想，西姆斯先生大部分时间和我在一起。大约两点钟的时候他出去了一下，我估计他大概是去换身衣服。第一场比赛开始的时候，我又看到他了。"

"你没有上楼换衣服吧，先生？"

"没有，衣服我在午餐前就换好了。"

"其他老师呢？"

"嗯，这……我又不是他们的监护人，我的同事们总是在进进出出的。据我所知，加兹比午饭后不久到村里去了。两点钟刚过，伦奇出现过，后来他又出去了。2点15分之前，迈克尔进来给孩子们换衣服。我想想还有谁？哦，是的，格里芬出去查看赛程前在这里抽了根烟。至于校长在哪里，那我就不知道了。"他特意加上最后这一句话。

"比赛的时候，所有的老师都在场吗，蒂弗顿先生？"

"是的，都在。不过我直到第一场比赛结束才看到伦奇，我想他

47

是在跟学生家长聊天吧。"

"先生,您对于谁可能作案这方面,有什么线索吗?"

"没有,毫无头绪,我想不到我们当中谁有这样的动机。"

"这只是例行公事的问题,谢谢您,暂时就这些吧。"警长淡淡地说,"你能让加兹比先生来这里吗?"

加兹比走了进来,警长与他亲切地握了握手,反而让他显得很尴尬。

"嗯,有啥想问的,您直接问吧。"

"请告诉我,在吃午饭和比赛开始的间隙,您在哪里?这些事情我们必须搞清楚。"

"不要紧,尽管问,我知道这是警长的职责。事实上,那个时候我跑到村子里去喝了一杯。您知道,我得为接下来的运动会盛事热热身,我并不是一个喜欢交际的人。"

"明白了,这一杯酒大概喝了多久呢?"

加兹比突然发出一阵爆笑:"哈!哈!哈!真有趣,连这些细节都要事无巨细地讲出来吗?一杯酒喝了多久?嗯,跟你说实话,我就喝了一会儿,不止一杯,可能喝了两三杯吧。公鸡羽毛酒吧的啤酒很好,我还喝了几杯威士忌。老汤普金斯,就是酒吧的老板,他可以替我作证。"

"我想没有这个必要,先生。"警长用开玩笑的语气回答,加兹比也表示没有这个必要。

"你在酒吧待了多久,先生?"警长又突然问道。

"我在2点15分左右离开,开车回来很快就到了。"

"哦,我明白了,你是开车的。容我再追问一个问题,你觉得为何会有人要害死这个孩子呢?有没有听说过有人威胁过——可能,开始只是男孩之间的恶作剧。"

加兹比身体前倾,面带蒂弗顿所说的"女学生式的自信"的表情,神秘地说:"坦率地告诉你,虽然这话说起来有点刻薄,他毕竟死了。但其实,学校里大多数人对他恨之入骨。当然,大多数人也不会把他怎么样。可有趣的是,今天吃早饭的时候……"他突然截住了话头。

"先生,你刚才说早餐的时候怎么了?"警长催促道。

"哦,我们几个碰巧也在聊一桩报纸上的谋杀案,没什么。"加兹比结结巴巴地回答。接着,他感觉到对方还期待他继续说下去,顿了顿继续说道:"警长,人们偶尔就是会碰上这么巧的事,不是吗?我记得在我17岁那年……"

阿姆斯特朗可没有心情听他回忆往事,还没等加兹比打开话匣子,警长已经及时打断了他,并成功套出了他们早餐谈话的内容,皮尔森警官快速地记录下一切。

轮到西姆斯接受问询,他犹豫地踱步进入房间,尖尖的胡须末梢里露出一丝让人捉摸不定的微笑,他略带谦卑地张望着,问道:"晚上好。呃……是您要召唤我来吧?"

"是的,先生。我必须问您几个问题。请你告诉我你今天午饭后的行程好吗?"

"哦,我的天,我不擅长记这类事情。现在让我想想,当时我都干了些什么。我到公共起居室待了一会儿，蒂弗顿也在那儿。然后我上楼换衣服，完了下楼来。恐怕这些都还不是太精确。"

"你知道你是什么时候下楼的吗，先生？"

"啊，我上楼的时候，钟敲了两点，换衣服大概用了一刻钟的时间。所以我估计大概是……"

"知道了，你大约两点一刻下来的。然后你就进了起居室了，对吗？"

"是的，"西姆斯飞快地瞥了警长一眼，"不，不是的，谁告诉你我去了起居室？我出去抽了根烟。"

"你去哪儿抽烟呢？"

"哦，在后面。沿着干草地走，你知道。我在小路上走来走去。格里芬肯定看见我了，他正在大球场上。"

阿姆斯特朗注意到，在西姆斯的最后几句话中，他的语气中有一丝忧虑，但他表面上不动声色。

"好的，当时你没看到什么东西吗？"

"没有，当然没有。我应该告诉你的。房子的那一边除了格里芬没有其他人。我刚在门口，迈克尔就进来了。"

"谢谢你，先生。如果你没有什么别的补充，请让迈克尔进来好吗？"

除非他在撒谎，除非他和格里芬早有串通，那么如果瓦尔太太说的都是实话，那凶杀时间似乎已经可以确定在1点30分到2点15分之间。当然，如果草堆不是第一现场另当别论。太多的"如果"和"除非"了,阿姆斯特朗警长边想边摸着口袋里的一个信封。

"啊,晚上好。是迈克尔,对吗?您对这起案件有什么看法吗?"

迈克尔感受到了一种挑衅的意味,警长在说"您"这个字的时候,是一种略带轻蔑的腔调,是不是有人已经在警长面前说了什么?警长庞大的身体压在椅子上,显得不怒自威。

"我?哦,天呐,我什么都不知道。"

"您从来没有听说过有人威胁要杀了这个孩子吗?"

"当然没有。难道杀人犯杀人之前还要广而告之?"

警长皱起了眉头,说:"难道,今天早饭的时候你们聊了些什么,你都不记得了?"

"什么?您不会怀疑是格里芬干的吧?太可笑了!谁都说过这样的话吧,早晚掐死你之类的,这样的气话我一周至少说两次。"

"好吧,先生,先不谈这个。"

迈克尔感到了隐隐的不安,他觉阿姆斯特朗似乎很相信那种说辞。他不会是个傻帽警察吧!不,看他精明的小眼睛,看起来挺机灵的。那他为什么要扯格里芬的事?难道他怀疑我?故意扯到别人让我放松警惕?

"现在,先生,我只想问几个常规的问题。听说你没有在学校吃午饭。"

"没有,我出去了,到操场那边的树林散步去了。"

"那你看见瓦尔夫人了吗?"

啊,上帝,终于来了。她是怎么跟警长说的呢?碰碰运气吧。

51

"不。"

"啊，我还以为你们或许会见到对方。她当时正在草地上吃午饭。"

感谢上帝，到目前为止还未露馅。迈克尔心想。

"先生，那么你在那里吃午餐了吗？"

"是的，我带了一些三明治。"

这个回答应该没什么漏洞。迈克尔的大脑飞速运转。

"明白了。看来今天的厨房有点忙。"警长不经意地说。

迈克尔感觉有些不对劲。

"我的房间里有面包和黄油。"话一出口，迈克尔就后悔了：该死的，我真不该主动说这个，我应该等他再问下去才说。这不是掉进他的套路里了吗？

然而，阿姆斯特朗似乎并不在意，继续问道："你在树林里或草地上没看见什么人吗？"

"没，铃声一响，格里芬就出来了。从那以后，他和球场管理员莫德就一直待在大球场。"

一切正常。迈克尔暗暗松了口气，心想：这个穿蓝衣服的胖官员没什么好怕的，只是我心里有事，所以想多了。

"我明白了，也就是说你根本没有到干草地里去，是吗？从1点30分到2点15分之间，你一直都在树林里？"

"是的。"

警长从椅子上"吱啦"一声站起身，然后走到迈克尔面前，在衣袋里拿出一个信封，对着桌子一抖，一个东西滚了出来。

"那么，你要怎么解释你的这支铅笔会出现在发现尸体的干草堆里呢？M·E，迈克尔·埃文斯，这是你名字的首字母，对吗？"

迈克尔顿时觉得五雷轰顶：这下完蛋了！它肯定是我和希罗接吻时，从口袋里掉出来的，竟然一下午也没有觉察到丢了支铅笔！

他镇定了一下，装出一副无辜的样子说："嗯，我真的不知道为什么会掉在那里，也许是干草大战那天，不小心掉在那儿了，那天大家都玩疯了。"

"哦，你是说你昨天弄丢了这支笔，是吗？"

迈克尔隐隐约约地意识到他又要被警长套路了。当你说假话的时候，要尽可能地多说真话——他想起了条格言。

"不，要不是你现在拿出来给我看，我都不知道这支笔丢了。"这句话完全是真话，于是迈克尔的心里涌起了一股发自内心的愤怒。他语气有些严厉地补充道，"我想说，原来这就是你们审问诱供的方法，怪不得关于严刑逼供的报道总是见诸报端。"

"也许我们都有些反应过度了，先生。"警长说着，语气和软了一些。说实在的，他感到有点窘迫。迈克尔没有看出来，他的心思全在纠结警长是否注意到自己的破绽上。不管怎样，看起来原先的怀疑好像已经被排除了，阿姆斯特朗开始表现出一点歉意。

迈克尔绘声绘色地说了一通干草大战的盛况，离开的时候，他有点担心自己说得太多，反而会加重自己的嫌疑。

迈克尔后面进来接受问询的是格里芬。暴躁的格里芬已经做好了反击的准备，所以当警长问起了早餐时他的那句气话时，他嚷嚷着：

"哦，我的天！如果说一句气话就要被抓，那英国所有的教师都有杀人嫌疑了！"

警长非常小心地接话说："好吧，先生，你必须明白，我们警察的工作就是必须调查每一个细节，哪怕只是一句气话。你怎么看琼斯·埃文斯的案子？"

"琼斯·埃文斯？那个家伙？我早说那家伙不会有好结果的，有一次混战中他咬了我的耳朵。是的，我明白你的意思。"

"那么，我想你说的这些也是气话吧？"

"哦，这可不一定。我很可能真的会拧断这家伙的脖子，只是碰巧我没这么做罢了。"

"知道了。午饭后你去户外了是吗？有看到什么不同寻常的事吗？"

"没有，除了场地管理员莫德，这个蠢货把障碍赛跑的跨栏放多了。"

"那你对此怎么处理，先生？"

"哦，我跟他说了要去掉几个，然后我们帮他把多余的跨栏放回了库房。"

"那时是几点？"

"大概是比赛开始前十到十五分钟吧。这很重要吗？"

"嗯，先生，死者可能是在被杀后过了一段时间才被放到干草堆里的。如果这个假设成立，那么在当中这段时间，你认为尸体可能被藏在什么地方呢？"

"肯定不是库房，我们进去的时候，屋里空荡荡的，不可能藏在那里。因为莫德嘟囔着说他的袋子被挪了地方，他把袋子又搬回去了。所以如果有尸体藏在那里，我们应该能看到。"

阿姆斯特朗摇得椅子吱嘎作响，说："好，就到这里吧，先生。午饭后碰见瓦尔夫人了吗？"

"我想她有从花园大门出去过一两次，去看看有没有座位。"

"还有别人吗？"

"不，没有了。哦，还有，西姆斯在小路上来回走了一会儿。在我们把跨栏搬进去的时候看到了他。就在那个时候，迈克尔从树林的方向走了过来。就是这样。"

"有劳了，可以帮我把伦奇先生叫过来吗？"

阿姆斯特朗微笑地看着伦奇坐下，他注意到伦奇老师的左眼紧张地抽搐，并且他的手紧紧抓住椅子的扶手。警长装作没看到，云淡风轻地说："现在，先生，我想你们这些年轻的教师应该对学生的事情了解得比较具体。也许你能谈谈为什么这个孩子会被干掉？"

"哦，是吗，可我也不知道。他确实很不讨人喜欢，也有些孩子为了钱而向他示好，基本是这样的情况。"

"能说得具体一点吗？"

"好吧，他很跋扈，想欺负谁就欺负谁，而且手段极其恶劣，并且总能逃脱惩罚。"

"我明白了。以我对你们目前的了解来看，看来谁也奈何不了他。"

"他曾扭伤过加兹比的手指，至于西姆斯……"伦奇莫名其妙地停住了。

"我非常理解你的犹豫,先生。在这种情况下这是很正常的。但是,当然,即使我们警察也不会蠢到认为有人会出于这样的动机去杀人。我只是想了解一下受害者的心理状态,这常常能为我们提供一些线索。"

"哦,好吧,如果是那样的话,"伦奇依然有些不安地说,"那我想告诉你一件和案件没什么关系的事情,威姆斯的胡作非为让西姆斯真的很不好过。"

阿姆斯特朗旁敲侧击地套了一些话,等到他觉得火候差不多了,便进一步向伦奇发起攻势:"先生,现在我只想知道你在午饭后到两点半之间的活动情况。"

伦奇坐在椅子上挺直了身子,开始用手指摸他的粉色领带。阿姆斯特朗注意到,他开始说话时,嗓音有点沙哑:"哦,我在学校里闲逛呢。"

"先生,请尽量说得仔细些。"

"吃过午饭,我上楼到卧室里躺了一会儿,当时感觉疲惫。醒来后,感觉精神好多了,然后我想读一会儿书,我想起来我把书落在公共起居室了,于是下楼去取。蒂弗顿也在那儿,而且……"

"我可以问一下书名吗,先生?"

伦奇迅速抬起头来,脸涨得通红:"我不知道这和案件有何关系,如果你想知道的话,书的名字是《莫本小姐》,是本法语书。"

"我明白了,是学校的教科书。我上学的时候可没学过法语。然后你做什么了呢?"

"我读了会儿书,上楼换了衣服,就下来了。"

"你第一场比赛就迟到了,是吧,先生?"

"我迟到了吗?没有啊,谁说的。"

"哦,对不起,先生,可能有人弄混了。据我的理解,在比赛开始时你没有和其他老师在一起。"

"是的,我当时在和一位家长谈话。"

"先生,是哪位呢?"

"奇怪的是,我也不知道他是谁,"伦奇慢吞吞地说,"他高个子,蓝眼睛,穿棕色西装。他走过来问我'汤姆'表现如何?尽管我不知道他究竟是谁,但我告诉他,'汤姆'表现不错。家长们都是这样,总以为老师会认出他们并且了解他们的儿子,对于我们当老师的人来说,这事很正常。"

"那一定很棘手,先生。好吧,今天就谈到这里。谢谢!晚安,先生。"

第五章

台前幕后

第二天晚上,大家在公共起居室吃晚餐。晚饭过后,蒂弗顿、迈克尔和格里芬都聚集在蒂弗顿的起居室里,伦奇当天值班,加兹比和西姆斯进村子里,没过多久就回来了。

那个四处问询的警长终于走了。他走了以后,这里的气氛终于不再那么压抑。形形色色的人来了又走,整个学校显得奇奇怪怪的,就像遭到了毒气袭击一样。本地的、伦敦的媒体记者在周围不停地打听消息,就像在残破不堪的狮子尸体上嗅来嗅去的鬣狗一样。那些带着笔记本的记者,带着电报表格的记者,还有摄影记者,他们本来打算写一篇情节曲折的报道出来，好让读者能在早餐时间读一读。让他们困惑的是，本案中并没有什么"悲痛欲绝的亲人"。各路谦恭、好斗、善意、卑鄙、尖锐、迟钝的记者们终于撤了，就像是盘旋在腐尸上空的秃鹫一般，啄食到血肉之后满意地离开了。一切回归平静之后，当地的新闻晚报又成了所有人追逐的焦点。

此时此刻，蒂弗顿正在给迈克尔和格里芬读着新闻的内容。

私立学校发生令人震惊的死亡事件
晚上7点15分在校内发现尸体
一名男孩被勒死

"昨天深夜，在苏德利堂预备学校干活的干草工人们意外发现了一具男孩尸体，并立刻将这个可怕的发现通知了校长瓦尔。经确认，死者正是他的外甥阿尔杰农·维文·威姆斯，是该校的一名学生。据悉，死者是被残忍地勒死的，脖子上的细绳就是凶器。阿姆斯特朗警长和斯塔弗顿警队的皮尔森警官迅速赶到现场。记者获悉，他们已经发现了一些线索，应该可以迅速逮捕嫌疑人。校长同时也是斯塔弗顿考古学会的主席，他曾在一次采访中表示，他怀疑是流浪汉所为，或与近期因不满工党政府的政策而席卷全国的暴力事件有关。在接受采访时，瓦尔先生强烈否认了这起案件是恶作剧导致的可能性。死者在同学中广受欢迎，他的父亲是……"

"尽是瞎掰！"格里芬猛然出声打断，"够了够了！"

"哦，这里还有一些你们肯定感兴趣的内容，"蒂弗顿接着说，"爱德华·格里芬先生，牛津大学橄榄球队的老队员，现任职于苏德利堂预备学校。当被问及他对该案的看法时，他表示无可奉告。"

"因为我当时威胁那个记者说，如果不赶快走开，就会打烂他的脸。"

"你这么做太不礼貌了，爱德华。"迈克尔说，"他现在会对你怀恨在心的。你看不出来吗，他故意这么写，让你看起来很可疑。"

格里芬抓起报纸，把整篇文章快速读了一遍，嚷道："天哪，我想你说得没错！说得好像我马上就要被抓起来似的！"

"难道警长真的盯上你了？"蒂弗顿问。

"难道不是吗？这个惹人厌的、疑神疑鬼的家伙。一定是哪个蠢货把我那天早上的气话拿来大做文章。"

"不是我。"蒂弗顿说道。

"也不是我。"迈克尔说，"事实上，目前的头号犯罪嫌疑人恐怕是我。文中那个所谓能够迅速抓捕犯罪嫌疑人的线索，其实是我的银色铅笔。他在干草堆里找到那东西了。"

格里芬有些担心地说："那可太糟糕了。我相信你不可能是凶手，如果你想有人帮你洗脱嫌疑，我会帮你的。"他说得很轻松，但迈克尔觉察到他的声音里有一股隐隐的焦虑。

"你人真好，爱德华。但我觉得没有这个必要，毕竟我又不是凶手。"

"不过那支铅笔的出现确实有些诡异，"蒂弗顿说，"你对此事是怎么和他们解释的？"

"我告诉他,一定是我在激烈的干草大战中不小心掉落的。"

蒂弗顿似乎又要问另一个问题,但他忍住了,说道:"在侦探小说里,这是凶手故意放在那儿的,目的就是让你成为嫌疑人。"

"也许是吧,"格里芬笑着说,"作为圣波托夫学院最不受欢迎的老师,你肯定树敌很多。"

迈克尔向前探过桌子,拿起几本书,朝着格里芬的头丢过去。

"我的书,谢谢。"蒂弗顿说。

"可是,说真的,你确定你的笔是在干草大战中丢的吗?我记得昨天上午还看到你拿出来用了。我的意思是,如果你还用了,或者干草大战之后有人发现了它却没有还给你——那么,真的可能是什么人故意放在那里的。"

现场的气氛突然变得严肃起来。迈克尔为欺骗他的朋友们而感到有些不好意思。但他在欺骗他们吗?他确实怎么也记不起上次使用那支铅笔是什么时候了。毕竟,当他和希罗在一起的时候,铅笔也可能根本没掉出来。那究竟是怎么回事呢?

"我明白你的意思,"他缓缓地说,"嗯,想到这里很令人不快,不是吗?如果这个人非常讨厌我,想要弄死我,那么即使不陷害我,他大概迟早也会亲手把我干掉。"

蒂弗顿以一种相当老派的方式摆弄着咖啡机,倒了三杯咖啡,端过来说:"不过,我倒倾向于认为,你会被赦免。你们有没有想过这件事最诡异之处是哪里?"

"没有。"

"继续说吧，福尔摩斯，我正全神贯注听着呢。"

"昨天放学后威姆斯究竟去哪儿了？据我们所知，他似乎人间蒸发了。其次，究竟是谁或什么东西诱使他以这种不寻常的方式离开，显然没有让任何人知道，也没有留下任何痕迹。我相信，如果我们能回答第二个问题，这个谜团就会被解开了。"

一时间，大伙儿还没反应过来蒂弗顿的猜想有多么正确。

"你的推理真让人刮目相看，福尔摩斯，"格里芬说，"但我必须承认，我还是看不出迈克尔的嫌疑怎么洗脱。"

"除非他是出走了或逃学了，我认为这种可能性不大。经过这么久的调查，并没有人在村里或路上看见过他，那么一定是什么外界的力量诱使他离开了这栋楼。"

"分析得很精彩。"格里芬用赞赏口吻说道。

"我猜可能是他认识的某个人给他留了言，否则他是不会去的。但大概不是学校的职工，因为老师们不会给学生写字条，笔迹会暴露的，威姆斯不可能不起疑心。"

"我想绝对不会是老师们干的。"格里芬一本正经地，把身体转向迈克尔，热切地说，"天哪，迈克尔，他是对的吧？"

蒂弗顿也在一旁赞同地点头，迈克尔说："那我们就要去锁定一个校外认识他的人？"

"或者是学校里的一个男孩，别忽略了这种可能性。"蒂弗顿说。加兹比和西姆斯的到来，打断了他们关于案件的探讨。

加兹比的情绪很高昂，他坐下来，顺手倒了杯咖啡，点上了一根烟,然后,他喉咙里呼噜呼噜地说道:"我刚刚带着老西姆斯去快速喝了一杯。他似乎有点垂头丧气,警察一直在找他麻烦。所以我给他开了一剂特效强心药,是不是,西姆斯?"

"没错。"

"不过我有点后悔了,西姆斯在树篱里看到了一只黄色金花雀之类的东西,所以我们不得不停下来。西姆斯,说到鸟,伦奇在哪里?我猜他八成又去和漂亮的罗莎云雨缠绵去了吧。"

"你到底胡言乱语些什么,加兹比?"蒂弗顿冷冰冰地说。

加兹比并没有被镇住,他继续说:"你没有注意到吃饭时她在朝伦奇抛媚眼吗?你记住我说的话,他俩肯定有事。"

格里芬和迈克尔有些震惊地摇晃了下身子。西姆斯在椅子上挺直身子,他红着脸,身体还在打战。他结结巴巴地说:"说真的,加兹比,他俩的那种行为真让人不齿,只是因为有些人……有些高……高傲的人……行为却像动物……动物一样……我一点也不觉得好笑。"他总结道。

除了加兹比,在场的所有人都很尴尬。加兹比睁大了眼睛说:"天哪,谁会想到呢?西姆斯竟然变得如此虔诚。我说,西米,你刚才到底喝了多少?"

顿时一片死亡般的寂静。加兹比意识到还是换个话题为好。

"好吧,既然我们好像是在会客厅里,我来给各位讲个不带恶意的笑话。哦,这让我想起了警长昨晚和我的对话,就是那个胖而体面的警长。"

大家被这个和警长有关的俏皮话逗乐了，于是谈话的方向就转向了警长。蒂弗顿怀疑他的思维能力，格里芬更是彻底质疑他，加兹比认为他是个擅长运动的聪明人，西姆斯有些发狠地说，他不会被任何一个穿着蓝色制服的大块头欺负。迈克尔则有些被警长吓到了，在他看来警长要么过于聪明，要么极端愚蠢，无论是哪种，对他而言都是一个极其危险的人物。

这时，刚刚被大家议论的"放荡的"伦奇走了进来，气氛开始变得尴尬，众人不再说话，要么拨弄着茶匙，要么点燃烟斗。

"喝咖啡吗，伦奇？"蒂弗顿说，"安顿孩子们上床睡觉了吗？"

"好的，谢谢。孩子们今晚情绪确实有点激动。"

西姆斯脱口而出："瞧见了吧，加兹比。"当四双眼睛向他投来意味深长的一瞥时，他不好意思地笑了笑，而伦奇则迷惑地环顾四周。

"你们在说什么？这是在打赌吗？"一阵出奇的沉默，蒂弗顿忽然打破沉寂开口了，"加兹比显然以为你要哄罗莎睡觉。"

"喂，怎么是我说的，见鬼去吧，老兄。"加兹比结结巴巴地说。

伦奇的脸色惨白，他眯着眼睛，鼻孔张得很大，所有人都不敢正眼看他的脸。他手持咖啡杯站了起来，怒视着加兹比，用刺耳的声音吼道："你这个肮脏的无赖！"

"你给我滚出去！"他嘶哑地吼叫着，把满满一杯咖啡砸到加兹比的脸上。加兹比摇晃着身子，血滴和咖啡顺着他的脸颊流下。忽然，他发出一阵咆哮，猛地冲向伦奇，把对方扑倒在几英尺[①]外的角落里。伦奇倒地，蒂弗顿的高尔夫球杆也顺带被弄翻了。

迈克尔站了起来，也是一肚子火，蒂弗顿的脸上有一种奇怪的、不解的神情，只有格里芬比较冷静。他立在加兹比面前，搂住他的肩，把他翻转过来，推到走廊里，轻声说："够了，今晚你闯了不少祸，这里不欢迎你。"然后他转过身来，让西姆斯帮他把伦奇扶回他的卧室。蒂弗顿和迈克尔单独留在了一片狼藉的房间里。蒂弗顿脸上依然是那种狐疑的、心不在焉的表情，仿佛他正在努力思索一个难题的答案。

"到底是怎么了，"他慢慢地说，"我刚才究竟为什么会那样说？"

"今晚我们都有点不正常了，"迈克尔有些敷衍地回答，"好吧，我也得回去了，晚安。"

他上床睡觉，却躺在床上辗转反侧了好久都没睡着，他意识到谋杀案背后肮脏的勾当才刚开始：他回顾了过去一天的各种细节，就连同事之间的关系也发生了微妙的变化，这种变化隐藏得很深，不容易被察觉。他和他的同事们都有种不祥的预感，那就是凶手就藏在他们中间。今晚发生的事情，就像是那个尚未暴露身份的嫌疑人操纵的一场暴动，这使他感到非常厌恶。唯一让他庆幸的是，案子一定会出现转机的，因为奈杰尔·斯特雷奇威就要来了。

当苏德利堂预备学校的教师们互相猜忌的时候，阿姆斯特朗警长

[①] 英尺：英制长度单位，1英尺=30.48厘米。下同。

和皮尔森警官坐在看得见风景的房间里，喝着威士忌和苏打水，开了一场非正式的工作会议。年轻、热心、坦率的皮尔森先阐述了他的分析报告。他那一头淡黄色的卷发和一双天真的蓝眼睛，让他颇有异性缘——尤其是招中年女士们的喜欢，这个优点让他的问询工作开展得很顺利。另外，他的所思所想都会很直观地写在脸上，这让部分罪犯很容易向他敞开心扉，但也有人认为他的天真不过是一种狡猾的伪装，将他视为一个两面派。

皮尔森的报告很长但乏善可陈。他和其他的几位警察首先证实了加兹比的不在场证明，确认了其当时在公鸡羽毛酒吧，并在其所陈述的时间到达和离开。他来了以后，在包间里单独待了五六分钟，后来又到酒吧的公共区域凑热闹。皮尔森还走访了所有住在附近并参加运动会的学生家长，没有人见到过不幸的威姆斯。只有一个人记得在运动会上和伦奇先生说过话，那是在跑步比赛之后，但那个家长既没有蓝眼睛，也没有一个叫"汤姆"的儿子。也就是说，伦奇所说的那个蓝眼睛、棕外套，儿子名叫"汤姆"的人，根本不存在。

另外，皮尔森的几个手下一直在周边盘查，结论是除非威姆斯带着隐形帽，不然他真的没有离开过校园。校长耿耿于怀的流浪汉们，他们当然也进行了广泛盘查，尚未有最后定论，至今还没有找到能支持校长说法的证据。发现尸体的工人们也轮番被调查了个底朝天，同样没有任何收获。

皮尔森不带情绪地作完了上述陈述。他笔直地坐着，盯着警长头顶上方的一幅画，上面画着一些造型奇特的天使。他现在放松下来，把注意力从天使转移到威士忌上,等着阿姆斯特朗的发言。

"好的,皮尔森,"警长说,"看来你们今天干了不少活,尽管这些线索并未指向任何嫌疑人,却有利于缩小侦查范围。"

接着,他开始简述自己的成果。他检查了加兹比汽车的发动机箱和座位,没有发现任何可疑的痕迹。不过这只能说明他的车没有装过尸体,不能排除他是凶手的可能。他还问询过苏德利堂所有的仆人,在午餐和运动会之间的时段,他们互相作证,那个时候他们在厨房、花园等到处忙碌,因此实际上也可以排除这些人的嫌疑。说到这里,阿姆斯特朗意味深长地停顿了一下。

阿姆斯特朗不是一个经常故弄玄虚的人,皮尔森对他上司的这点很了解。于是他追问道:"先生,你刚才说的'实际上'是什么意思?"

"是这样,我无意中发现了两个奇怪的证据。场地管理员莫德说他放在楼上的东西有丢失,他很肯定那天早晨原本放在那里的许多麻袋被搬走了。他说,当他和格里芬走进去的时候,发现那些袋子斜靠在墙边。我想袋子这么放应该是用来遮挡什么东西,他记得是在午饭后发现的。"

皮尔森吹了声口哨,以示惊讶和钦佩。警长继续说:"我的另一个发现是罗莎,她是苏德利堂的一个女仆。她在厨房里洗碗直到快两点,然后她说她感到不舒服,就上楼去卧室休息。从那时起,没有证据可以证明她的实际行踪,直到她和其他一些仆人一起在宿舍的窗口观看体育比赛,时间大概是两点半。我可以告诉你,罗莎小姐是个很有诱惑力的女人,而且我能感觉出她很害怕。我根本没有给她任何压力,她就显得非常紧张。"

阿姆斯特朗靠在椅背上,豪饮了一大口酒杯里的饮料,然后重重地吸了口气,朝皮尔森微笑着:"我还从仆人口中侧面了解到了一些有趣的事情。迈克尔先生看起来很有绅士风度,但其实为人处世有些冷淡,伦奇先生则恰恰相反。西姆斯先生是个省油的灯,沉默寡言。蒂弗顿先生是个'吹毛求疵的老家伙',这都是他们的原话。格里芬先生和加兹比先生都是'谈笑风生的快乐绅士',不过加兹比是个酒鬼。校长瓦尔先生就像是一个不可接近的恐怖分子,事实上,要不是因为瓦尔太太,谁也不愿在这儿多待上一分钟。对瓦尔太太的评价是,这是'一位真正的淑女,非常和蔼可亲',尽管有人说她有点轻浮,但谁甘心锁死在这样一个老恶魔丈夫身边呢。"

警长给自己和警察斟满了酒,然后继续讲述他的其他成果。在和仆人们进行了谈话后,他彻底搜查了树林,毫无进展。他测试了莫德的棚屋内所有模具表面的指纹,一无所获。他从几个男孩那里证实蒂弗顿午饭后在客厅进进出出。在伦奇的房间他找到了《莫本小姐》的影印版,那些精美的插图让他对教科书的刻板印象有了新的认知。他还离开学校,去往斯塔弗顿拜访厄克特先生。

"他告诉我,作为死者的近亲,瓦尔先生站出来要一大笔钱,他对此表示反对,并且不想说出具体的金额。自从男孩的父母去世后,他负责管理男孩的财务,而瓦尔先生则主要关注男孩的教育方面。厄克特先生是威姆斯父母遗嘱的唯一执行人,他说他之所以接受这份工作,是因为他也有一小份遗产继承权。"阿姆斯特朗又有些欲言又止了。

皮尔森提问："您觉得这其中有啥可疑之处吗，先生？"

"听我说，年轻人，那家伙一定在害怕什么事情。依我看，这个案子里一半的人都是如此。现在我要说有趣的部分了，当我问他星期三的活动情况时，他有点趾高气扬，律师都这样，你懂的。然后他给我讲了一件非常诡异的事。他说他早上收到一封打印的匿名信，上面盖着苏德利的邮戳，信中要求他到埃奇沃斯伍德去，那儿离苏德利堂学校不到一英里①。信中指定的时间是 1 点 45 分，寄信人说会告诉他一些对他有利的事情。信中还说要对此'绝对保密'，并要求他阅后即焚，就像大多数匿名信那样。"

"他照做了吗？"

"他什么？哦，是的，他告诉我他烧毁了信件。"

"我的意思是，他赴约了吗，先生？"

"啊，你说得对。你在想为什么一个社会上流的律师会相信这种不入流的骗人玩意？"

其实皮尔森压根儿没有想到这一点，但他还是装模作样地点了点头："我想他不会去的吧？"

"你说得对，小伙子，他说他没去，不知道是真是假。如果他当真觉得这是个骗局，那他为什么销毁那张纸条？如果他信了，真的去了，那么他见的这个人正好是他的不在场证明，他为什么不说呢？总之，先把他晾在一边。我们明天再去拜访他，来个突然袭击。事实上，

---

① 英里：英制长度单位，1 英里 =1.609344 公里。下同。

我已经派人盯着他了，我还吩咐威尔斯和约翰逊去打探一下有没有人在埃奇沃斯伍德附近看到过他或他的车。不过，那个地方人烟稀少。"

"你是说，你认为他有可能是……"

"是的，他有可能是凶手。但我还不确定，因为那孩子的死对他没有什么好处。他应该不是凶手，但他身上确实有疑点。作为一个律师，他过得不错吧？"警长突然转换了话题，"豪车豪宅，应有尽有。好吧，好吧，咱们走着瞧。皮尔森，你对这起案件有什么看法？"

这是警长惯用的另一个招数，皮尔森也用惯常的方式回复。他挠了挠脑袋，忧郁地盯着他的威士忌苏打水，嘟囔着说一些"只见树木不见森林"之类的话。

阿姆斯特朗深深地吸了一口气，以至于他衣服的纽扣都快绷掉了，呼出的气甚至吹动了他的胡须。于是他开始切回正题："那好吧，那让我们看看我们所能看到的'树木'。假设威姆斯是在发现尸体的地方被谋杀的，即下午1点到4点之间，那我们还能缩小时间范围吗？"

"嗯，先生，谁也不会在比赛时杀了他，除非凶手疯了。干草场的大部分地方都能被看到，而那个干草堆离一些观众站的地方只有三十码远。"

"实际上只有二十六码半，"阿姆斯特朗有意地强调。

"是的，你说得对。我们可以以两点半为限，可能凶手是在2点20分动手的，因为那时候人们都跑到户外去了。瓦尔夫人说她在那堆干草堆里待到1点25分左右。如果不是真的，她是不会说出来的。你觉得她怎么样，乔治？"

乔治·皮尔森不好意思地咧嘴一笑："她说的应该是实话。"

"啊哈！你看你过不了美人关啊！年轻人，你这样可没法当警察。"警长一本正经地说，"如果你问我，我会说她是个深沉的人。也有足够的勇气，不知道她是否有足够的勇气在尸体旁边吃午饭。"

"天哪，先生，你不会是这个意思吧？"皮尔森很震惊。

"这么说吧，以她的力气足够把这样一个自以为是的少年掐死。可别忘了，还有金钱的诱惑。"

"好吧,如果你觉得钱可能是作案动机的话，那么那个老家伙呢？"皮尔森无礼地称呼校长。

"按他的说法，他换衣服花了半个小时，那么在他妻子上来之前，他有足够的时间溜下去。不过，厄克特先生告诉我，这所学校人气很旺，我想不出他会冒这样的风险的理由，除非他被逼得走投无路。"

"当然,这种假设也同样适用于瓦尔夫人，不是吗？"皮尔森说道。

"这样看来,或许是的。但我们并不清楚她是否私下欠了很多债务，毕竟美丽的衣服价格都很昂贵，而且你忘了仆人们是怎么说的？"皮尔森不解地瞪着他，他继续说道，"说她'轻浮'，尽管这个说法我有点不大接受。当然也可能是另一个动机，比如她出轨了，被威姆斯撞见了，这样的话，她和她的情人就会想方设法堵住威姆斯的嘴。"

"可……可她是一位淑女，先生。"皮尔森憋出了这么一句话。

阿姆斯特朗笑了："淑女们所做的最糟糕的事，莫过于把车留在商店外面无人看管。好吧，那假设一下其他的可能。蒂弗顿？毫无可能。加兹比？会不会他之前就把这个男孩干掉，然后在酒后或者喝酒间隙

71

把尸体藏在嘈杂的酒吧里,但他什么时候把尸体挪到干草地里的呢?一定是在体育比赛后。我得弄清楚4点30分到7点,他们都在什么地方,我早该这么做了。至于西姆斯,2点15分后在户外。格里芬和莫德也在户外。是格里芬干的吗? 莫德是他的不在场证明,而且很有说服力。迈克尔?据他说,他一直待在树林里,直到2点15分,那个地方安静,可以下手把人勒死,不过我在那里并没有发现挣扎打斗的痕迹。如果是他,那么他又是什么时候搬尸体的呢?"

"格里芬先生午饭后抽了一根烟,所以大约1点40分之前不会有人在外面。"皮尔森提示。

"好样的,小伙子,我差点忘了这一点。虽然把尸体从树林搬到操场是件很危险的事,不过朝那个方向开的窗户并不多,他并不确定会否有人出来。还有,如果他和瓦尔夫人一起在干草堆里的话,那么关于那支铅笔为什么会在那里出现,就解释得通了。"

皮尔森的表情开始有些纠结。

阿姆斯特朗冲他咧嘴一笑:"好吧,如果你不同意上述假设,那么有可能是伦奇吗?他看起来也很紧张。他的不在场证明很弱。他说自己大部分时间都在卧室里看书。然而,当我问他在看什么书时,他似乎有点不安。他也有可能是在午饭时间到1点40分之间作案的,因为这时候格里芬出去了,不过同理,他也说不准会被谁看见。还有校工莫德,这类简单的人往往会杀人,他平时估计没少受威姆斯欺负。但他一直在厨房吃午饭,直到他出去见到格里芬。"

"最后是罗莎,两点到两点半之间她的不在场证明也很弱,但她和西姆斯有同样的问题。至于那个有着蓝色眼睛穿着棕色西装的神秘人物,在运动会开幕之前,谁也没有看见过他——我怀疑那时是否有人真的看见过他。"

"你的意思是这个人物是伦奇编的?"

"我确信这是他瞎编的,我也想知道这是为什么。这是我听过的最虚假的不在场证明。现在从嫌疑的程度来看,瓦尔夫人或迈克尔——或他们两人一起——的可能性更高。别用那种眼神看我,小伙子,你得把你的个人情绪收起来。接下来是瓦尔先生、加兹比和伦奇,伦奇的可能性似乎更高一些。接下来依次是蒂弗顿、格里芬、西姆斯,莫德和罗莎。"

"杀人动机呢,先生?"警官对他的上司明显有些佩服。

"目前有三种可能。金钱、复仇、杀人灭口。瓦尔或瓦尔太太可能是金钱的驱使,西姆斯或莫德有复仇的动机,瓦尔太太和某个神秘人士可能是想封住死者的嘴。"警长简洁地说着。

皮尔森不自在地挪动了一下身子:"看起来形势对瓦尔太太不利。"

"复仇在我看来是最不可能的。成年人不会因为男孩的某些恶作剧就杀掉他们。是谋财害命吗?好吧,就像我说的,瓦尔先生并不差钱,倒是他的妻子嫌疑更大。但我认为第三种动机最合理,如果这孩子得知了某个秘密,他又是那种藏不住秘密的人,瓦尔夫人显然是杀人团伙的一分子,尽管罗莎我也考虑过,至于另一方,那个人……"阿姆斯特朗意味深长地停顿了一下。

"迈克尔?"

"你说到点子上了。他年轻、英俊，和那个老顽固校长截然不同。他的铅笔在干草堆里被发现了，他和瓦尔太太又都把午饭带出去吃，太巧合了，我得紧盯着那两人的一举一动。"

皮尔森喝光了杯子里的酒，盯着杯底，仿佛在找灵感。最后他说："我不太明白，先生，您为什么没有考虑到某一个学生呢？"

"你放心，我并没有忽略这种可能性。当然如果真的是学生干的话，那真的是无可救药了。男孩子们通常不会到杀人这一步。再说了，忘了告诉你，我和几个被称为组长的同学聊了一会儿。无论谁离开教室都必须得到他们的允许，当天没有人离开。假设有人悄悄溜走了，然后盯上了年轻的威姆斯，他们企图要掐死他，或者企图要用绳子勒死他。但医学鉴定结果表明，凶手先用手勒死死者，然后用绳子绑住，来确保死者死亡，这不是儿戏，这是蓄意谋杀。我也不相信凭借男孩的力气能弄出这样的伤痕。"

皮尔森觉得，这个推理似是而非，并不很缜密，因为警长对于学生作案的可能性并没有像对其他嫌疑人那样调查得彻底。皮尔森尽量不再去质疑自己的上司是否真正考虑过那种可能性。不过，从案件目前的发展情况来看，瓦尔夫人和迈克尔确实比其他人更可疑。他沉默了一会儿，机智地说："好吧，先生，我想局长应该不会再叫其他警察插手这个案子了。自从去年你参与侦查了克劳利谋杀案后，我想他对我们的实力已经很有信心了。"

"他不会派别的警察来的，他让我来负责处理这个案子。"警长有些欣慰地说，"不过有个叫奈杰尔·斯特雷奇威的家伙要过来，他是助理局长的侄子。这家伙自称是私人警察,接手过不少案子。迈克尔今早也发电报给他了,显然他俩是朋友,所以我想他会干扰我们办案的。不过,他肯定会住在学校里,而且或许他能弄清楚我最想知道的一件事情。"

"你最想知道的是什么呢,先生?"

"凶手为何要置威姆斯于死地。"

第六章

形势严峻

惹人厌的校工斯维尼又敲钟了,他一边嘴里唠唠叨叨,一边用震耳欲聋的钟声向全校宣告,新的一天开始了。死亡的阴影仍然笼罩着学校,但这种阴影像国际象棋棋盘似的,黑白格交错,一半是黑暗般的沉重,另一半却有如阳光照射进来。

在宿舍楼内,男孩们来回奔跑着,他们脑子里想的是未预习的课程,或是惦记着一场板球比赛,也可能在憧憬即将到来的假期,那起案件带来的影响已经渐渐淡化了。少儿的心态天然能够很快摆脱悲剧带来的沉重负担,然后回归正常生活。但即便是这样,也还是有一小块阴郁的角落始终没有被阳光照射到。

在狭窄的、修道院式的起居室里，老师们正在穿着衣服。清晨快乐的气息在窗外洋溢，夜晚的阴郁却依然萦绕在四周。不知何处散发出的黑暗吞噬了这个空间。这看不见摸不着的邪恶像远古的怪物一样隐匿在角落里，它制造了一场悲剧，然后心满意足地躲在一旁休憩。也有可能，这个怪物善于伪装，他看起来与常人无异，将邪恶如影随形地潜伏在人群中间？

想着想着，迈克尔陷入了极度焦虑，他现在如履薄冰，随时有可能遇到危险。关于那支笔，警长到底知道多少？有没有可能希罗和他在干草堆里缠绵的时候，其实已经被人发现了？那个纯粹而安全的世界，本来只属于他们两个人，而现在全世界都在向他们步步紧逼，就像孩子们面对社会的拷打而不得不成长一样，甜蜜而美好的日子看来就要结束了。

"多行不义必自毙。"这句冷冰冰的话在他脑海中回响，他不耐烦地摇了摇头。他心里明白，勾搭有夫之妇确实有罪，有罪就有罚。他的好友奈杰尔曾经半开玩笑地说过："人们注定不会幸福，在你以为自己侥幸逃脱了惩罚的时候，往往正是不幸降临之时。"

不过，他决定至少不要把希罗卷进来。他们的爱是真的，若真是有罪，必须要有人接受惩罚，那就让上天惩罚他吧。他愿意束手就擒，让别人用绳子勒断他的脖颈。天啊！他想，怎么好像真的是他干的似的！他怎么像个真正的杀人犯一样，开始做最后的忏悔了呢？我是清白的！他们不会冤枉一个无辜的人。难道不是吗？再说，聪明的奈杰尔一定会把这一切查得明明白白……

校长夫妇正边聊边吃早餐，希罗悄悄地想着心事：好吧，是我自找的，我确实曾经希望出现一件大事，可以趁机把这一团感情的乱麻剪断，可没想到这事这么快就出现了，只是，这个突发事件好像并不能快刀斩乱麻。我现在不能离开珀西，他现在正在面对人生中的至暗时刻，这个时候离他而去既不道德，也不负责。迈克尔，你的手是多么的温柔……我真想知道迈克尔对那个警察说了什么。

人们总是免不了做一些思想斗争，但都远远不及这个女人的心理斗争那么纠结。

"哦，珀西，斯特雷奇威先生怎么了？"听到丈夫提到奈杰尔·斯特雷奇威这个名字，她开腔问道。她一边听着丈夫的发言，一边想着自己的心事，这种一心两用的绝活让她看起来像个模范妻子。

"据我所知，斯特雷奇威先生很能干，人脉甚广。迈克尔和他很熟，所以建议我发电报邀请他来。嗯，这样我们就可以找个人……啊，从对学校有利的角度来查这个案子。我刚听说他会在 12 点 40 分到达斯塔弗顿车站。迈克尔已经上完课了，他打算去车站接他，也许你可以同他一起去。"

"好主意，正好我要去买点东西，这样我们可以顺便一起在外面吃个午饭。"希罗的漫不经心明显有点刻意了。如果是平常，珀西·瓦尔肯定能察觉出异样，但他这个时候根本没心思顾及这些。

"亲爱的,这位斯特雷奇威先生能过来让我感到振奋，"瓦尔坦言，"我对调查工作的进展一点也不满意。"

"为什么不满意？是不是警长提到了关于遗嘱的事？"

"并不是，很奇怪的，他根本没有问过这一点，我不高兴的是他在怀疑我的教师。"

希罗放在桌下的手紧张地握在了一起，声音不自觉地提高了："怀疑教师？什么意思？"

"警长在威姆斯被杀的草堆里发现了迈克尔的铅笔。我觉得，这支笔肯定是他在干草大战时掉落的。蒂弗顿私下告诉我，警方似乎很重视这件事。我敢说警方绝对是想多了，我的教师怎么可能与谋杀案有牵扯！太荒谬了！"

校长对警长怀疑迈克尔一事很是愤怒，而他妻子的心则如坠冰窟。上帝，露馅了，我们怎么会犯这种低级错误？在这种危急时刻，才能显示出一个人能有多勇敢。好吧，没事，勇敢一点！好好想想，接下来该怎么做？还好，一会儿去接斯特雷奇威的时候，我可以找机会和迈克尔谈谈，好让他知道该怎么做。希罗像是一个小女孩一样，心里害怕极了。

然而，还未等到希罗和迈克尔讨论新的进展，情况又发生了变化。10点钟时，阿姆斯特朗警长来到学校，要求和埃文斯先生聊聊。迈克尔走进书房，发现警长的表情还算和蔼，可是对于迈克尔而言，此人来者不善，他身上带着警长的权威光环，给人以无形的压迫感。

阿姆斯特朗一脸严肃地开了腔："埃文斯先生，我来是想问你一两个问题，可能会让你不悦。但我想你也明白，在这种重大的案件中，必须要大公无私，要把正义放在个人的顾虑之上。"

迈克尔略有放松，这番话听起来还行，不像是在审讯罪犯。

"当然。"迈克尔点头称是。

"你在树林里的时候，埃文斯先生，你说过有时你会望向外面的草地，是吗？"

"是的。我想大概……看了一两次。"

"那么你有没有看到草地上的瓦尔太太？"

开始有点难办了，迈克尔心想，有疑问时应该说真话："没有，她是在干草堆那里吗？其实，从树林那里根本看不到那个位置。"

"我明白了。就是说你确定，你在树林里的时候，没有人出来到草地上是吧？"

"是的，但其实我有没有看到不重要，我说过了，我偶尔才往草地那里看了几眼。"

阿姆斯特朗摸了摸下巴，皱起了眉头，有些犹豫地说："真遗憾，要是你能多看几眼就好了。好吧，事实上，现在这个情况让我更加倾向于之前我不愿意承认的想法。"他停顿了一下。

"您指的是什么？"迈克尔问道。一种不祥的预感让他的嗓音不由自主地尖锐起来。

"是这样的，先生，我已经得出了初步的结论，我打算冒险把我心里的想法告诉你。就像我说的，如果有人能证明它是错的，我将如释重负。就连我们警察也很不愿意去控告一个……先生，你知道接下来我要说的一切都是绝对保密的吧？"

"我知道。"

"到目前为止，这件案子最合理的推论就是：是瓦尔太太在午饭时间作案的，当然，也许她是受人指使，比如说校长。"警长的脸上是一种略带歉意的表情，他一口气说完，然后双眼紧盯着迈克尔，看他的反应。

迈克尔几乎都要跳了起来，警长的话就像是一阵龙卷风裹挟了他，震惊、愤慨、恐惧，一系列的情绪充满了他的脑袋。他有点失控地喊道："别说了！你疯了吧！你们怎么会有这么邪恶的推理？太疯狂了！"

阿姆斯特朗做了个手势，让他先平静一下，然后说道："先生，请坐下，听我把话说完。恐怕我的结论让你无法接受。但是，这个推论是基于客观事实的合理分析和判断。"

待迈克尔坐下后，警长告诉他，根据威姆斯父母的遗嘱来看，威姆斯的死对瓦尔夫妇有利，这是一个明显的犯罪动机。而且由于有亲戚关系，校长或其妻子把威姆斯叫出去，带到干草堆或是别的什么地方，都是合情合理的。

"另外，"他补充道，"学校里的其他人都有不在场证明，除了你，但你显然没有任何作案动机。"

如果迈克尔还能正常思考，他一定会意识到阿姆斯特朗忽略了一个逻辑上的漏洞——那个棚屋少了东西。然而，他最亲爱的希罗居然成为犯罪嫌疑人，这让他完全失去了理智。

还没等迈克尔发作，阿姆斯特朗盯着他继续说道："当然，我并不是断言这个推论是正确的，但这个推论符合我们目前掌握的一切线索。从你的角度，可能很难认同这个结论，你自然会相信瓦尔太太是无辜的，你相信在案发当时她正独自一人坐在草地上。这也就是为什么，我会问你到底有没有看到她，因为她说她独自坐在草地上吃午餐，可没有任何人能够证实她的话。如果没有人能证实，那么她就可能在说谎。所以……"警长耸了耸肩膀，脸上写满了遗憾。

迈克尔的脑子在疯狂地运转：怎么办？把这个杀人的事项下来，好让希罗摆脱嫌疑？可这不成了堂吉诃德了，我没有杀人啊！我也不可能在这么短的时间内编造出那么多的谎话。说实话吗？我和希罗在一起？那我们的恋情就曝光了，然后呢？不管了，说实话吧，至少希罗可以摆脱嫌疑。

警长已经起身走到门边，他的手已经抓住门把手要开门出去了，他那宽阔的背挡住了迈克尔的视线，迈克尔看不到他苍白的指关节。

"且慢，警长。"迈克尔失声叫了出来。

阿姆斯特朗缓慢地转过身，面露惊讶的表情，就好像看着一个一手烂牌的人在虚张声势。

"先生，"迈克尔不由自主地颤抖着，就连他的声音也是失控地颤抖着，"您私下告诉了我一些保密的事情，我决定也告诉您一件绝对私密的事情。如果我说的事情与杀人犯没有关系的话，您能替我保密吗？"

"这个嘛，先生，这很难保证。但我可以向你保证，除非有必要给凶手定罪，不然我们不会把你即将提供的证据公之于众。"

"好吧，从1点到1点25分，我和瓦尔夫人在干草堆里。"他迫不及待地说了出来，似乎急于拯救希罗。

警长目瞪口呆了一会儿，然后回过神来，说道："你知道这件事情的严重性吧？这意味着，你和瓦尔夫人之前都做假口供妨碍警察执行公务。"

"是的，我知道，我知道。但您必须理解，我们不能让人知道我和她的关系，这毕竟是不宜公开的。"

警长用手捂着脸说："我明白了，先生，你是为了让瓦尔太太摆脱嫌疑。不过，鉴于你之前的口供是谎话，那我们也不会轻易相信你的第二个版本了。"他停顿了一下。

迈克尔近乎发狂地说："您必须相信我，您说过的，如果有人跟瓦尔太太在一起，就会消除对她的嫌疑。"他尽量控制着自己的情绪，义正词严地继续说，"我向您发誓，瓦尔太太和我在一起，我们没有看到她的外甥威姆斯。"

停了一会儿，迈克尔继续说："如果您还需要进一步的解释，那我们在一起是因为我们彼此相爱。"

"我明白了。"阿姆斯特朗不带感情地说，然后他善意地笑了一下，"好吧，先生，你已经把我搞晕了，我现在更倾向于相信你说的是真话。除非非常有必要，否则我不会告诉别人。同时，我请求你对我们的谈话——所有的谈话——对外保密，瓦尔太太除外。"

"那么，奈杰尔·斯特雷奇威也不能告诉吗？"

"哦，我差点把他给忘了，你可以和他说。"警长显得有些窘迫，"我想你最好让我先和他介绍一下案情的基本情况。如果你愿意，你可以告诉他你和瓦尔夫人之间的关系。现在还有两个问题：你离开瓦尔夫人之后做了什么?"

"我走进树林,就像之前告诉你的,一直在那里待到了 2 点 15 分。"

"第二个问题,从比赛结束到点名之前你都做了些什么?"

"我在公共起居室,我们通常都在那儿喝茶。"

"然后呢?"

"嗯,我待在那儿看书一直看到 7 点。那天是蒂弗顿值班,所以他不停地进进出出。喝完茶后,格里芬出去确认莫德是否把操场收拾好了。其余的人留在起居室里。"

"直到 7 点?你确定吗?"

"我很确定。"

阿姆斯特朗满意地站了起来。迈克尔回到教室,他感到如释重负。形势日益严峻了,说出实情是迟早的事。这个秘密目前还不会公之于众,但至少希罗已经摆脱嫌疑了,这才是最重要的,那个警长其实人不坏。

当然,要是迈克尔听到了警长接下来的自言自语,他就不会觉得警长是个好人了。

"这就是动机!还是从他自己嘴里说出来的!"警长兴奋地自言自语,把右拳紧紧地攥在口袋里。这位警长是一位不择手段的阴谋家,这一点现在已经足够明显了,但他缺乏战略家全盘考虑的思维。他也不反思一下,如果一个凶手为了保守秘密而杀人,那他又怎么可能这么轻而易举地说出自己的秘密呢?

迈克尔和希罗并不知道这些,他俩正驱车向斯塔弗顿飞驰而去。

这是自从他们在干草堆里度过那甜蜜的半小时以来，他们首次独处。迈克尔把手放在希罗的膝盖上。最近几天的经历让他们觉得突然沧桑了许多，他很兴奋又很疲惫，仿佛在暴风雨的大海上航行过后，已经依稀看见海岸的灯火。希罗的驾驶风格一如她的性格，冷静而有效率，但她越开越不耐烦，甚至开始有些莽撞。每到危急时刻，她偶尔会短暂地失去理智，但很快就会恢复如常。她把车驶出大路，拐进一条车道，开进了一扇大门。然后，他们躲在树篱后面的地方，她拉起迈克尔的手，身子向前靠在他的肩上。

"亲爱的，我很高兴你能说出事情的原委。我真的……是什么让你改变主意告诉警长的？"

"是被逼的，你知道吗，他认为……"即使到现在，迈克尔也不知道该如何表达警长对希罗的怀疑，"他认为是你下的手。"

"我？你确定吗？我听说他怀疑的是你。亲爱的，太可怕了。珀西今天早上说他们在干草堆里发现了你的铅笔，于是我联想到他们会把你关进监狱，然后在你脖子上拴上绳索。"说着说着，希罗的身体开始颤抖，哭了起来。

"希罗，我的美人，请别哭泣。你这样让我的心都碎了。"

她脸上带着泪，又笑了，用他的衣袖擦了擦眼睛，说："你知道的，我其实比我自己想象中更软弱。"接着，她说了警长对她说的一切：埃文斯先生已经推翻了原先的口供，问她能否证实他的新说法。

"我当然这么说了。迈克尔，我很抱歉，一开始我还以为你向他坦白我们的事，是因为你想要摆脱嫌疑，请你原谅我。"

迈克尔用亲吻来向希罗表示谅解，喃喃地说："当他说他认为你是凶手时，我都快爆炸了，甚至想杀了他。"

"我倒真的希望你动手了，迈克尔，我一点也不喜欢他。他那对吓人的猪一样的眼睛，还有一举一动，我觉得这种人什么事都干得出，他现在正准备抓我们吧？"她笑道。

"哦，我认为他没那么坏。毕竟，我们之前的确对他撒谎了，所以他有些反应过度。而且他还是给了我机会来证明他的推论是错的。"

"好吧，不过我一点也不信任他，迈克尔，"希罗说，"我觉得我好像刚刚被缓刑，从监狱里放出来似的。草地特别绿，天空特别蓝，鸟儿为我们歌唱。我感觉不错，我想我们应该过关了，也是时候告诉珀西了。"

"趁我们的事还没有被传开之前，我们先主动和他说吧。有时候你的心理动机真的让我感到很不解。"

希罗的脸涨得通红，有点僵硬地说："你有时真的很刻薄。我很反感和你谈论什么心理动机。偏偏要对做一件好事背后有没有什么不当的理由刨根问底，究竟有何意义呢？"

"我可没说'不当的理由'。"

"哦，得了吧。你知道每当你说心理动机的时候，其实指的就是不良的动机。也许我们相爱也是出于某种心理动机，但你又从来不说。当然，哪天你对我们的关系感到腻味了，你可能就会谈谈这个'不当的理由'了。"

"希罗，别这样，现在不是吵架的时候。让我心烦的是这该死的谋杀案。你无法想象起居室的景象，每一个人对着其他人都虎视眈眈。加兹比和伦奇已经吵过一架了，蒂弗顿几乎想把所有人的头拧下来。格里芬似乎是我们中唯一还保持理性的人了。不过我认为你是对的，我们应该告诉珀西。"

"我很高兴。亲爱的，你知道我刚才并不是说你刻薄。不过，让我们再等几天，等他的情绪恢复过来吧。"

"他受了很大的打击吗？"

"嗯，这是自然的。学校的名誉严重受挫，其他各方面都受到了影响。我想他已经把可怜的威姆斯抛之脑后了，在他的眼里，只有学校是重要的。"

"这是学校，这是他的学校。好吧，希望奈杰尔能找到真凶。"

"跟我说说奈杰尔这个人。我们继续上路吧，你可以在路上告诉我。"

"奈杰尔是我的好哥们，我和他在牛津时是同学……看在上帝的分上，请你看着路，别盯着我，你刚刚差点儿撞了……"

"你好看啊，我就是忍不住多看你几眼。"

"在牛津我们是同学，不过他在牛津待了不到两年就走了。因为牛津的校园霸凌很严重，他看不惯这个。听说剑桥的情况会好些，但学术方面又比牛津差了点，所以他决定放弃学业。他在所有的考试中都用打油诗作答，答得还很巧妙。他是个绝顶聪明的家伙，但老师们却不吃这一套。他们对这种诗歌没有兴趣，于是他被开除了。之后他四处旅行，学习各国语言。然后他开始从事犯罪调查，他说这是唯

——份能培养好习惯和好奇心的职业。干这一行,他很成功,赚了很多钱。他是解决埃斯克公爵夫人钻石案的大功臣,还有几起被媒体忽视的大人物勒索案件。"

"他长得怎么样?"

"相貌吗?有点像荷马史诗中不那么耀眼的人物,属于北欧人的类型,顺便说一句,他很时髦。我敢说他的那一套自我保护机制已经非常成熟了,比如你得一直烧着水,因为这家伙一天到晚都要喝茶;还有,他睡觉的时候身上要盖很多层,否则他睡不着,如果你不给他准备三条以上的毯子,他会把地毯或者窗帘扯下来盖在身上。"

"听起来是个很疯狂的人。"

"哦,你一定会喜欢他的。他是个纯粹的人。"

一个人影从头等车厢里走出来,像鸵鸟一样迈着大步朝迈克尔和希罗走来。希罗心想:此人真的很奇怪,跟迈克尔说得差不多。

奈杰尔·斯特雷奇威走到两人面前,眨了眨眼睛,然后鞠了一躬。然而,他谦恭的样子和他生硬的动作有些不搭。他寒暄了几句,那些陈词滥调通过洪亮而热烈的声音说出,倒显得不那么生分了。然后他们从站台走下来,上了车。

出发之前,校长让希罗替他给詹姆斯·厄克特捎个信,所以他们先开车去厄克特律师家。厄克特家外面停着他的戴姆勒牌高级轿车,希罗把车停在戴姆勒后面。就在她正要按门铃的时候,门突然开了,一个矮胖的男人提着一只手提箱走了出来。

"怎么了，詹姆斯……"希罗问道。还没等希罗把话说完，他就跳下台阶，迎面撞上了一个路上的行人，他摇摇晃晃地跑到他的戴姆勒旁边，然后连人带箱迅速进入了车子。在门口的希罗听到一阵沉重的脚步从屋内的楼上传来，很快，警长和警察紧随其后来到门外，此时，厄克特已经发动了车。刚才被他撞到的那个行人从地上爬起来，探入车窗试图把住方向盘，厄克特不管不顾地开着车，拖着那人前进了二十码。阿姆斯特朗看了希罗和迈克尔一眼，犹豫了一下，然后对着下属吩咐了几句，随即他跳上了希罗的车。迈克尔也已经坐到驾驶座上，准备随时听从警长的命令。

"跟上那辆车，"警长喊道，"他跑不了多远，我们越早抓住他越好。"

希罗挤到后座坐下，斯特雷奇威以安慰的姿态拉着她的胳膊说："你可能会觉得有点拥挤。"

迈克尔紧紧跟着那辆戴姆勒，在他前面还有一辆公交车，他驾车在马路上穿梭，把这些车都甩到了后面。

"哦，该死的，"斯特雷奇威用沙哑的男中音唱歌似的说，"对一个有钱没烦恼的人而言，你给他平静的生活带来多少烦恼啊！"

戴姆勒在距离前方五十码处的拐角转弯，红色的车尾灯挑衅地闪着光。迈克尔在时速四十时换了挡，汽车就像下面悬挂着一个升降机一样摇晃着，然后他加速开进了边道，开到了一个十字路口前，大门正要关闭。飙车时的迈克尔和苏德利堂学校里那位举止得体、有点神经质的他截然不同。当车快速穿过大门时，车的后视镜与大门边沿发出了刺耳的金属刮蹭声。警长有点担心地瞥了迈克尔一眼，迈克尔则凝视着前方，淡定地微笑着。

车开到了乡村，行驶在一条长长的斜坡上。道路两旁的一棵棵树从他们身边一闪而过，树篱像传送带一样不停地向后移动，轮胎在不同的路面上发出不一样的胎噪声。戴姆勒仍领先他们一段距离，他们越过了山顶，来到了一座陡峭的小山坡上，迈克尔驾驶着车像飞机一样俯冲下去，速度计的指针一路从五十上升到六十、七十、七十五。阿姆斯特朗把头伸到外面，他的眼皮在风力吹动下不停地抖动。

他们越发靠近那辆戴姆勒，已经可以看到那辆车内的人也在上下颠簸。斯特雷奇威把希罗的手臂搂得更紧了，说这比电影更刺激，然后他开始哼唱《以色列人在埃及》中的咏叹调。希罗头上的金发随风飘散，仿佛她坐在电风扇前面一样，她的眼睛闪闪发光，嘴巴弯成了迷人的曲线。警长的情绪明显兴奋起来了，恍惚间，这群人好像是在外出打猎似的。

一个红色的三角形闪过，前面有个十字路口。戴姆勒就在他们前面不远处，一辆小奥斯丁从右边的谷仓后面行驶过来，车主惊讶地看着对方直接向他冲来，便手足无措地停在十字路口中间。

迈克尔的左手放在刹车挡上，右手牢牢把住方向盘转向右边。他们甩到奥斯丁车的尾部，然后迈克尔猛地把方向盘转向左边，使劲刹车，轮胎发出了刺耳的摩擦声。一座墙树在车的右侧，迈克尔又把方向盘转向了右边，他们顺利通过了。

"我亲爱的迈克尔！"希罗说。

"老天有眼！"奈杰尔说。

"干得好，先生。"警长说，他睁大眼睛，指向前方。那辆戴姆勒像一头失控的公牛，在马路上左右摇摆。厄克特想必刚才回头看了一眼，他以为跟踪他的车会在十字路口被撞得粉碎。反而他自己的车胎爆了，戴姆勒失控地向路边的沟冲过去，巨大的车身以前轮为轴不停旋转，车像一个玩具一样被抛向空中，越过了树篱，重重地摔在了远处的地上。一个黑色的人影、一个手提箱和几个垫子，从车里被抛出来又掉落在地面，就像火山喷出的熔岩。

他们侧耳倾听，以为能听到车身猛烈的撞击声，不过他们的车的引擎声几乎盖过了那辆戴姆勒的撞击声。当看到那人的身体跌落在树篱后面时，他们都愣住了。迈克尔停下车，和警长一起进入戴姆勒的车祸现场。

此时的戴姆勒已经成一堆废铁了，厄克特已经深度昏迷，他掉到了一丛灌木上，万幸保住了性命。他们很快把他送到最近的医院里去治伤，阿姆斯特朗建议留个人在医院陪护，因为他随时可能会醒来。但迈克尔说要留下时，他略显尴尬地拒绝了。

"这个人……詹姆斯……就是你在找的凶手吗？"当阿姆斯特朗正准备离开的时候，希罗问道。

"哦，不，他不是凶手，太太。然而，只要他熬过这一关，他还是得老老实实进监狱。"

接下来，他们休息了大约七小时左右。晚饭后，当校长和他的妻子、迈克尔还有奈杰尔在客厅讨论这件事的时候，警长进来宣布了最新消息。他严肃地走到珀西·瓦尔面前说："这恐怕对你来说是个巨大的打击,先生,厄克特先生死了。他死前把一切都招了,他的供词证实了我对他的推理。他一直在私吞您外甥的财产,他把侵吞了的大部分财产,都拿去赌博挥霍。他其实也早已察觉到我怀疑他了,今天早上我去他家找他,他让我们在楼上一个房间里等他五分钟。他利用这五分钟整理了威姆斯留下的所有财产以及相关的文件,然后逃跑。事实上,我派了一个便衣守在门口,但被他开车甩掉了。当然后来他还是被我们抓住了,这得感谢瓦尔太太的车以及迈克尔先生高超的驾驶技术。"

校长瘫坐在椅子上,颤抖的双手紧紧地捂着自己的脸。阿姆斯特朗看不到他的脸,只能猜测他的情绪,继续说道:"他不是凶手,真正的凶手仍然逍遥法外。厄克特先生虽然侵吞威姆斯的财产,但他是最不可能杀死这孩子的人,因为威姆斯一死,他的一切丑事就会暴露。我想你根本不知道究竟发生了什么吧,瓦尔先生?"

校长抬起他的脸,脸上充满了绝望的神情:"我不明白究竟发生了什么。"

"我这么提问是有原因的,先生。"阿姆斯特朗说道。接着,他就把律师收到匿名信的事情讲了出来。

"你能想通原因吗?"他说,"我当初是想不通厄克特先生为什么要赴这样一个约,除非他做了什么亏心事,而那张条子恰巧点出了那个事情。既然我们知道他有隐情,我们就可以推断出写这封信的人一定知道或猜到了什么。"

"也许只是瞎猜的。"奈杰尔突然插话。

"但可能性不大。你知道有谁可能发现厄克特先生的勾当吗,先生?有谁和你外甥有私下的联系吗?"

"没有。"

"那太遗憾了,先生,很明显,就是这个人写了这张字条,而写这张字条的人肯定就是凶手。"

第七章

旁敲侧击

来到学校的第二天,奈杰尔·斯特雷奇威花了一整天去感受这个地方。在这方面,他比那位警长有优势。一方面,在大家看来斯特雷奇威先生是"和我们是一伙的"——这是校方老师们的看法;另一方面,出于他的职业需要,他可以很好地融入不同圈子的人群,这是一种不可思议的本领。大多数"社交达人"都是改变自己来适应环境,或者通过刻意的社交技巧来融入某个圈子,但奈杰尔的风格不是这样,他通过真诚的谈话和自然流露出的兴趣和对方迅速打成一片。他能够与不同类型的人打交道,而且这种对对方显示出来的兴趣并不会表现为曲意逢迎。他流露出的这种兴趣是真的,是他在严谨的科学分析之后,由内心自然生发出来的。然而,总是活力满满的奈杰尔笑容亲切,言谈举止彬彬有礼,能让交谈对象迅速和他交心。很少有人能意识到,其实在他们和这位斯特雷奇威先生畅所欲言的时候,自己已经被他放在人类显微镜下被剖析得透透彻彻了。

让我们跟随他的脚步,在学校里逛一逛。他和教师们一起用了早餐后,便开始了他的工作。他踱进了教学楼的走廊,三天前案发那天,迈克尔就从这里走过。左边的第一间教室里,校长正在教拉丁语,是那种卖弄学问的老学究风格,他的声音在一片寂静紧张的教室里像电火花一般噼啪作响。奈杰尔想:这个人对于谋杀应该没有兴趣,他的心里一半是自大一半是学术,这所学校就是他毕生的事业。希罗和迈克尔也这么认为,这位校长觉得自己一生的事业被这起案件严重破坏了,这不仅是对他名誉的打击,也是对他本人实实在在的打击。确实,那种被打击的感觉是真的,不是他装出来的,这显而易见。所以,他是不可能为了那份他并不需要的财产,而干出有损于学校和他的名誉的事情的。

他继续往前走,来到了加兹比的教室。这是一位普通得不能再普通的教师。他年轻时很帅,是一个爱玩的人,有属于自己的小圈子。随着年岁的增长,他的颜值和激情有所褪去,渐渐远离了他的朋友圈,变得孤单无助,只有各种风流韵事才能让他暂时忘记他曾经拥有的东西。他几乎已经没有激情了,就像一台机器人,可能电量还没完全耗尽,在苟延残喘。他这样的人如果受到了刺激确实有可能会激情犯罪,但是复仇杀人，不会的，他被吓到杀人的可能性都更大一点。不知道他是不是完全适应了这种修道院式的生活，他和孩子们说话的样子也很正常，没有流露出邪恶，也没有阴郁。我得去看看仆人们，好像那边有一个漂亮的姑娘。

突然响起一阵可怕的喧闹声。他走近右边那扇门跟前，里面传来喃喃的说话声："我的上帝，你们怎么那么吵，真是一场混战！"有脚步啪嗒啪嗒地落在课桌上，伴随着嘘声、呻吟声和扭打声，书本掉在地上，或被扔到地上。刚才那个急促而无力的声音继续说："别闹了！你们两个，给我坐下！这乱七八糟的究竟是怎么回事？"

"对不起，先生，庞森比的蜥蜴逃走了。哇喔！当心！先生，它钻到您的裤腿里去了。"

"蜥蜴？你到底在说什么？"

"您不知道蜥蜴是什么吗，先生？是一种四足爬行动物，常见于热带地区，有长长的尾巴。"

"庞森比，你再这么无礼，我就要向瓦尔先生报告了。好了，巴斯汀，你那只肮脏的蜥蜴是怎么回事？"

"先生，它并不脏，他的名字叫格洛斯特。他有一条长尾巴，您看，先生。"

"好好反省吧，庞森比！"

是西姆斯，他的声音听起来很痛苦。奈杰尔觉得，课堂上的他不像老师，倒像一只迷途羔羊。

"谁再未经允许就讲话，下午就会被关禁闭。那么，所谓的'让蜥蜴排好队'是什么意思？"

死一般的沉寂。

"没有人回答？"

"对不起，先生，没有您的允许，我们不能开口说话。"

西姆斯笑了，那是一种似乎在迎合什么又不确定在迎合什么的笑声："你说得没错，但现在你可以说话了。"

"是这样的，先生，这只蜥蜴孤零零地坐在我的书桌里，它太寂寞了！伙计们，小心，他要从门底下钻出去了！"

现场出现了一阵骚动，几个同学撞在门上，随即发出了一阵愤怒的哀号。庞森比叫道："该死的，小史蒂文斯，你把它的尾巴扯掉了！我要狠狠地揍你一顿！"

"哦，我感到非常抱歉，庞庞，它恰巧挡着我的道了。"小史蒂文斯回答，然后挑衅地看着庞森比，话锋一转，"哦，你要揍我吗？真的吗？"

教室里砰砰乱响，孩子们大呼小叫。在门边站着的奈杰尔冷眼看着这一切，这时他听见校长办公室的门打开了，便快速躲开，到一个角落里继续观察。

校长瓦尔先生进入了这间地狱般的教室，教室里顿时安静下来，孩子们都像是看到了美杜莎一样，一瞬间静如雕塑。

"你们所有人，今天下午放学后留在这儿抄写文章。小史蒂文斯、巴斯汀和庞森比，你们三个12点45分到我的办公室来接受训诫。西姆斯先生，请你跟我到办公室来。"

校长阴沉着脸出了教室往办公室走，西姆斯表情僵硬地尾随其后。在他们进了校长室后，门"啪"的一声关上了。奈杰尔把耳朵贴近书房门口，听到了里面震耳欲聋的训斥声。校长瓦尔先生的语气充满了讽刺和轻蔑，就像是训学生一样，训斥着这个管束不了学生的教师。

奈杰尔心里叹道：这个可怜人，从来没有人给过他机会。看来瓦尔先生真的很生气，不守纪律的学生和混乱的课堂，让他觉得自己的权威受到了挑衅。可就算是这样，这么训斥教师也太过分了，如果换作是我，我一定会打破他的头。

但西姆斯一声不吭，这样的事情对他来说司空见惯，学生冒犯他也好，校长教训他也好，他逆来顺受惯了。哪里有压迫，哪里就会有反抗。那西姆斯会反抗吗？那个死去的男孩也曾欺负过这个倒霉的教师吗？

看着西姆斯满脸通红，浑身发抖地回到教室后，奈杰尔不紧不慢地踱着步离开了。当他来到格里芬的教室门外，情不自禁地笑了。奈杰尔好不容易才意识到，格里芬正在上历史课。他讲课有点信口开河，对历史上的那些名人也时不时地冷嘲热讽几句。

奈杰尔想：格里芬是个亨利八世那样的人，虽然私生活混乱，但是个有为君主，这样的人把荣誉看得高于一切，杀人这种毁坏名誉的事，他肯定不会干。如果格里芬是凶手，我愿意把帽子吃了，然后在校园里裸奔。

他继续沿着走廊，来到了蒂弗顿的教室门口，蒂弗顿的课堂秩序井然，有点团结紧张严肃活泼的意思。孩子回答问题也都很规矩，语气恭敬有礼,但如果蒂弗顿稍稍放松一点点,他们就会马上露出原形。他和他的学生之间缺乏某种真正的共鸣,他也没有校长那种不怒而威的气势。

奈杰尔暗暗判断:教书这份工作可能不适合蒂弗顿,虽然他充满激情,但这样的激情在课堂上似乎没有用武之地。如果他的智商更高一些,他或许会成为一名不错的科学家或者某个领域的专家。他会是凶手吗?不像,这个人不坏,性格死板,循规蹈矩。但,似乎也不能完全排除他作案的可能。

奈杰尔穿过走廊,在伦奇的教室外惊讶地停了下来:天啊,太让人震惊了!早餐的时候,我还以为他不过是这所学校一个不起眼的小人物,原来他在教学方面近乎是一个天才。看看教室里同学们全神贯注听课的样子,伦奇的声音充满自信,淡淡的中部口音辨识度很高。伦奇有耐心、善于启发别人,是一个非常出色的青年教师。足以看出,他是个聪明人,他的智商的确可以策划一场不露破绽的谋杀案。一般这样出身不怎么高的聪明人事业心都很强,任何阻碍他实现抱负的东西他都会想方设法除掉。那么,有没有可能,那个威姆斯知道了些什么内情,这个内情会影响他的前途?且慢,现阶段只要对这些人有一个初步的认知,若要进一步下结论必须让事实说话。

整点到了,下课铃响了。一群男生一下子涌出教室门口。迈克尔走了过来,拉着他的好朋友奈杰尔进入他的教室:"你一定得来加入,来出演哈姆雷特。孩子们听说新来了一位侦探,都兴奋极了,想让你给他们来一场关于探案的讲座。"

奈杰尔被拉进去换装，片刻之后，奈杰尔扮好了来到舞台上。他光着膀子，手中握着一把木剑，面对着安斯特拉瑟扮演的雷欧提斯。奈杰尔不是演员出身，但他颇具戏剧天赋，他天性解放式的激情表演很快影响了其他小演员。空气里弥漫着杀气，专横的女人，暴虐的克劳狄斯，演员们的表演精彩极了。好斗的雷欧提斯，多疑的哈姆雷特，一个穿着紫色台布、头戴馅饼边做成的王冠、长着兔子脸的小个子男生宣布："给我倒几杯酒，放在那张桌子上。"

两个人往杯子里倒入了柠檬水，如果加兹比在场，他估计会不开心了。

"要是哈姆雷特在第一个或是第二个回合击中了，

或是在第三个回合，他反击得手，

那么就让四周的碉堡上大炮齐鸣，

国王将举杯祝饮，为哈姆雷特助威。

我还要在酒杯里放一颗大洋葱[①]……"

这个国王演不下去了，教室里笑成一团，迈克尔觉得场面有点失控了，他便提议同学们可以随意向斯特雷奇威先生提问。这些13岁左右的孩子们不失时机地争相提问，问的尽是些幼稚冒傻气的问题。安斯特拉瑟问："斯特雷奇威先生，如果你是哈姆雷特，你要怎么解开父亲的死亡之谜？"

奈杰尔打开了话匣子，对着这群入迷的听众滔滔不绝地说了半天。

[①]《哈姆雷特》原文此处应为"大珍珠"，男孩讲错台词，因此台下哄笑。

当时钟的指针来到 10 点 30 分时，他注意到有个听众似乎想要说些什么，于是停下来问道："你有什么问题想问吗？"

"先生，冒昧打断你……"说话的是史蒂文斯，跑步夺冠的那位，"我有个大胆的想法，就是，我们可以通过情景再现的方式来找出杀害威姆斯的凶手，就像哈姆雷特那样，他让演员们在国王面前演戏，然后真相就出现了。"

奈杰尔认真地点头说道："这是个好主意，我记下了。顺便说一句，如果你们对这起案件有什么想法，记得午饭后到迈克尔·埃文斯先生的办公室来找我。要知道，你们所知道的任何关于威姆斯的事情，或任何让你们觉得奇怪的小细节，无论多么微不足道，都可能对破案有很大帮助。"

铃响了，奈杰尔离开了教室，现在他多了十二位崇拜者，或者说是盟友、热心的编外助手。

迈克尔和奈杰尔走进起居室，房间里的其他人向他们点头问候。蒂弗顿把烟盒递给奈杰尔，看他的眼神充满了疑惑。奈杰尔拿了一根烟，一边点烟一边说："有什么不对劲吗？你该不会给我抽的是鸦片？还是我的鼻子上沾了什么东西？"

蒂弗顿笑道："只是有点幻灭而已！在侦探小说里，从来没有哪个厉害的侦探像你这样，这么随意地从香烟盒里拿香烟。其实我也一直疑惑来着，那些神探时时刻刻都在明察秋毫，看起来还像正常人吗？"

"小说都是纸上谈兵，"伦奇说，"如果单纯写案件，那小说的篇幅很难超过一百页，所以主人公要么在细节方面吹毛求疵，要么就得让罪犯多犯几重罪。"

西姆斯的视线从《每日镜报》转向上方："希望威姆斯案子里的凶手不会采取你说的第二种选择。"

伦奇皱着眉头,烦躁地叫道:"上帝啊,为什么每个人都要提起这个话题?难道是因为我们怀疑那个疯子凶手就在我们中间,所以我们都要在这钻牛角尖?"

他的话音刚落,房间里一片寂静。终于有人说出了一句真话,并且点醒了每一个人。奈杰尔沉默不语,似乎沉浸在自己的思索中。实际上他认真地听着每个人的语音语调。格里芬把椅子往后推了推,说道:"一场深度压抑的风暴正从冰岛迅速南下,明天本地就会刮起精神风暴。"

"我说伦奇,你话说得真难听。"西姆斯大声说,"你真的认为凶手是个疯子吗?我不认同你的看法。"

"别担心,西姆斯,就算是疯子也不会去杀你。"伦奇用轻蔑的口吻回答。西姆斯把头埋到报纸后面不再说话。加兹比之前一直没找到说话的机会,如鲠在喉的他终于开腔了,其他人则齐刷刷地注视着他。

"这个耸人听闻的话题真是够了,我们换个话题吧。好吧,斯特雷奇威先生,你那边的调查有进展吗?"

"你看看你换话题了吗?没有啊!"伦奇不甘心地说。

加兹比没有理会他,继续满怀期待地看着奈杰尔,脸上的表情甚至有些狰狞,像一具被电击过的尸体一样僵硬。

"才刚刚开始呢,加兹比先生。"奈杰尔说,"现在我对这座学校的运作很感兴趣,很有趣,我都快忘了我是来干吗的了。"

"所以,你对我们的工作有什么看法?"伦奇有些防备地问。

"我觉得在这里上学的孩子们很幸运,他们生活在现在,而不是三十年前。起居室环境也不错,当年我念的私立学校也有一间起居室,连窗户也没有,只有一扇满是灰尘的天窗,角落里放置着没有手柄的花剑和残破的高尔夫球杆,桌子上是没有封皮的拉丁语语法书和过期的波尔多葡萄酒,还有扔着的刷牙杯。这就是20世纪初的英国教育环境的真实写照。"

大家忍不住笑了,加兹比说:"你说得对。说起教育,我想起来了,我找不到我的法语散文书了。"他站起身来,开始往远处墙边排列的储物柜里看,"蒂弗顿,是不是放在你那一堆书里了?"

蒂弗顿在椅子上突然转过身来:"这不可能,拜托你别碰我的储物柜。你知道的,我们这里的规矩是,禁止在公共起居室翻动别人的东西。"

西姆斯忧心忡忡地抬起头来张望,斯特雷奇威又低下了头思索着什么。

加兹比有点愤愤地说:"哦,好吧,好吧,又是我的错。那是你把《查泰莱夫人的情人》藏在里面了吗?"

蒂弗顿刚要发作时,校长走了进来,招呼道:"哦,你在这儿,斯特雷奇威先生。你对我们这里熟悉了吗?有什么需要我们帮忙的吗?"

"哦,谢谢,请给我来杯茶吧。"

"茶?啊,可以,我让人送一杯过来。"

奈杰尔有些不好意思地问校长能不能给他一整壶茶。校长答应了，但同时对他的套路有一种摸不着头脑的感觉。奈杰尔喝到第三杯茶的时候，阿姆斯特朗警长也来了，几句寒暄后，奈杰尔察觉到警长正在酝酿一个开场白，于是他决定先开口。

"如你所知，"他说，"我带着一个比较模糊的指示来参与此案调查，我的初衷是尽量减少对校方利益的损害。我先向您保证，我来并不是为了和您作对，我只是希望能尽快破案，来帮助恢复学校的声誉，或者至少不让声誉继续下滑。当然，如果调查结果显示罪犯确实与学校有关，我也会尽全力帮您将其定罪。"

"听起来不错，先生。"

"来杯茶吗？不用？抽根烟吗？嗯，那现在我来说说我的行动计划。我知道你们这些专业人士很反感业余的人谈理论，因此我建议我们把各自调查到的事实汇总起来，基于这些事实，大家可以各自进行推理调查，直到查明真相。"

阿姆斯特朗沉吟着低下头，他对斯特雷奇威这样先发制人的招数有些不满，什么汇总事实之类的，他并不感兴趣，毕竟目前所有的事实都要由他来提供。但另一方面，在发现新线索这一点上，对方似乎站在有利的位置上。经过全盘考虑，他发现达成协议似乎是最好的选择了。于是，他向斯特雷奇威详细地介绍了他对案情的调查情况。

"先生，"他总结道，"虽然我们都决定保留各自的推论，但到目前为止，所有的事实都指向一个方向，我相信你也看出来了。"

"凶手是瓦尔夫人和迈克尔？"

"是的，"阿姆斯特朗有点惊讶，奈杰尔居然直接就说出了迈克尔，"不过我没想到你会同意这个推论。"

"为什么呢？因为迈克尔是我最好的朋友之一？但我不会对证据视而不见的，哪怕是对他不利的证据。你说了，凶手要么是校外的人，要么是校内的人。附近所有的流浪汉的活动轨迹都已被查实，而且尸体也没有被抢劫的迹象，再加上校外的人员缺乏作案动机，所以，除了伦奇提到的那个人，就是运动会开场前和他谈话的那个，校外的人基本可以排除了。从目前掌握的情况来看，作案时间大概是下午1点至2点30分之间。1点45分到2点30分之间，格里芬和操场管理员在收拾场地；1点30分到1点45分之间，没有人在户外，但凶手不会在这个时段下手，因为干草堆那个位置很容易被看到，不管是杀人还是移尸，目标都太明显了；那么，只有1点至1点30分这个时间段有可能作案，排查这段时间所有人的行踪，只有迈克尔和瓦尔夫人当时在发现尸体的地方。"

"正是如此，先生，这看起来是唯一的可能，只是……"

"只是你没有确凿的证据来支撑，除了一支银色铅笔，而这支笔并不能说明什么。"

"确实很反常，斯特雷奇威先生，从没有哪个案子的实质性线索如此之少。我跑了很多次现场，勘查了无数次，翻遍了每一个角落，反复盘问校工……我还搜查了每一个教师的房间，当然，这事你别告诉他们。我还是一无所获，找不到任何有力的证据。但除了证据，动机也很重要不是吗？迈克尔和瓦尔夫人就是最有犯罪动机的人。"

"是吗？凶手的犯罪动机这么容易就让你发现了？"斯特雷奇威反问了一句，阿姆斯特朗的表情顿时僵硬起来。

为了证实迈克尔和瓦尔夫人的犯罪动机，他把迈克尔亲口承认的不伦之恋说了出来，然后补充："如果威姆斯刚好看到他们幽会，那他们两个把他灭口是很顺理成章的事情。"

奈杰尔陷入了沉思，然后说："看来你的审问真是有一套，我这么说不是在责怪你。毕竟警察不玩点花活套口供，是斗不过狡猾的犯罪分子的。但如果我是辩方律师，我马上就可以提出两点质疑。"

至此，阿姆斯特朗已经完全放下了之前对这位业余侦探的戒备心理，饶有兴趣地追问奈杰尔在质疑什么。

"首先，一个杀人犯不太可能从一开始就承认他在案发现场。通常来说，他们要么伪造了不在场证明，要么把尸体转移到其他地方去。"

"也可能是这样，先把自己置于最可疑的位置，以转移人们对他的怀疑，这叫置之死地而后生。"阿姆斯特朗辩解。

"有这个可能,据我所知还真有类似的案例。但无论如何,第二点,假设他们真有这样的犯罪动机,那他不可能这么快就和你坦白。他都为了保守这个秘密而杀人灭口了，又怎么可能轻而易举地告诉你？"

"我明白你的意思，先生。我承认这一点我之前没有想到。也不是没有可能，他只是害怕了，所以才说了出来。不过，昨天追击厄克特的事情之后，我对这位埃文斯先生看法有所改观，可以说是很大的改观。好了，我得走了。我想你不需要我给你太多建议，但有件事我必须告诉你，从那帮学生嘴里，我没能套出什么有用的线索……"

"是啊，那些孩子都是看人下菜碟的。"奈杰尔打断了他。

"没错，先生，"阿姆斯特朗的语气里有几分感激，"我本以为只有他们才能给我们有用的线索……"

"他们可能会知道究竟为什么威姆斯突然就人间蒸发了，然后神不知鬼不觉地被干掉了。"

"天哪，您会读心术吧？您真应该替我来查这件案子。"警长十分钦佩地说，然后没吃任何茶点就离开了。这让奈杰尔松了口气，因为他还要喝第六杯茶，但茶点已经不多了。

喝好茶，斯特雷奇威在学校操场上一直转悠到中午。他试图想象运动会那天的场景，但好像并不太容易：跑道、旗帜、欢呼的人群和干草堆。他走进莫德的小屋，思索着：

那堆被移动的麻袋，可以肯定是被谁移动过了。是凶手吗？如果是这样，他为什么要把尸体放在干草堆里呢？尸体藏在小屋里不是也可以吗。因为他想争取时间？对，在比赛开始前，人们很可能会去小屋搬东西，而草地则没什么人过去。还有一个最主要的问题，那就是凶手究竟是什么时候作案的？我相信迈克尔和他的爱人是无辜的，那么在 1 点 30 分到 2 点 30 分之间，究竟发生了什么？如果案发时间是 1 点 30 分到 1 点 45 分之间，那么凶手就是当着格里芬和莫德的面动手杀的人。这可能吗？阿姆斯特朗说过，干草堆的高度足以藏匿一个弯腰的成年人，也就是说，案发的第一现场有可能就是干草堆。但问题是无论是凶手还是受害者，他们在去干草堆的路上都会被他人看到的，除非格里芬和莫德一直背对着他们。不，这样太冒险了，这个凶手如此巧妙地掩盖了自己的行踪,这样一个思虑缜密的人不可能做这种不确定的冒险的事。

那么2点30分左右?那时候比赛已经开始了,户外有足足两百人,这时候动手,可能吗?这个凶手如果不愿意在两个人的目击下动手,那他就更不可能在两百个人的眼皮底下动手了。假设干草堆不是第一现场,尸体是后来找机会移尸到此,比如说大家喝茶的时候。从下午茶时间起,学生和老师的行踪都有确切记录可查,那就只能是校外的人干的,可又是为什么,凶手要不辞辛苦地把尸体放在干草堆里呢?这是本案最诡异的地方。干草堆,为什么偏偏是干草堆?为什么要在这样一个奇怪的地方杀人,或者藏尸?看来能否解开这个谜团,是这个案子的关键所在。

奈杰尔慢慢地走回教学楼,他刻意地把这个关键的问题和其他次要的问题放在一起思考,希望这些问题能尽快进入他的潜意识,并在适当的时候灵感迸发找到答案。可惜没过多久,就出现了一个小状况,转移了他的注意力。

午饭后,他和迈克尔一起在房间里休息,突然传来一阵急促的敲门声,一个人不情愿地匆匆走了进来。在这样的预科学校里,这样的孩子身后肯定跟着一个腼腆的同伴。先进来的是安斯特拉瑟,史蒂文斯跟在他后面,努力装作云淡风轻的样子。

"对不起,先生。"他们两人同时说出口,然后两人都停顿了一下,脸都红了起来。

"你接着说,史蒂文斯。"安斯特拉瑟说。

"先生，我们能跟斯特雷奇威先生说几句话吗？"

"说吧。"迈克尔亲切地笑了笑。

"我们想我们应该告诉您，先生，"史蒂文斯对斯特雷奇威说，"威姆斯被谋杀的那天早上，级长餐桌上有人谈起过他。"

奈杰尔觉得好笑，但他憋住了，史蒂文斯继续说下去："先生，你知道吗，他的存在真的是一个威胁，我的意思是，他简直是一只臭虫，真的，我们都觉得是时候收拾他了。"迈克尔不安地动了动，心想这帮孩子还真敢说。

"当然，我们自己什么也做不了。如果我们举报他欺负老师的话，珀西·瓦尔先生不会管的。所以我们决定让我弟弟和他的帮派来收拾他。"

"那你怎么看？"

"课间休息时，我和我弟弟说了。他说运动会结束后，他会找几个帮派成员把威姆斯痛打一顿。他们是黑点帮，这是一个秘密组织，虽然有点幼稚，但他们的组织还挺严密。"

史蒂文斯说话时带着一种大人式的松弛，就像是成人之间的对话那样，只是语调间依稀还是有些孩童的胆怯。如果这个时候，斯特雷奇威过于严肃的话，那么他就会被对方牵着鼻子走；如果他一笑置之，那就更糟，这个敏感的孩子可能会再也不给他透露一点消息了。还好，斯特雷奇威既不像老夫子那么迂腐，也不像街溜子那么油滑。

"我明白了，"他说，"这事对你和你弟弟来说一定很棘手，但你可以放心了，把这事告诉我是对的，你也不用担心什么，我很确定你俩不是凶手。如果你俩能告诉我任何其他的情况，那就更好了。你们说的任何线索，仅限于你知我知，除了必须上报警方的情况，我保证守口如瓶。"

史蒂文斯放松地笑了："您真是太好了，先生。我弟弟真的什么也没做。不过，最好还是让他亲自和您说。您知道，他只是有点害怕，唉，他还以为您和那帮警察一样糟糕呢。"

"我很想见你弟弟，今天下午如何？"

"嗯，但他还在被关禁闭。如果可以的话，下午用茶点以前，大约五点半他过来可以吗？"

"哦？那他愿意和我一起喝个茶吗？你能帮我约他一下吗？"

"我想他会乐意的。但我不知道瓦尔先生到时候会不会让他出来。"史蒂文斯略有顾虑地说。

"我来帮他争取一下好了。"斯特雷奇威一本正经地说。

史蒂文斯和安斯特拉瑟离开了，羞涩且钦佩地瞥了他几眼。此时的斯特雷奇威还未意识到，他们已经把纠缠不清的线索的线头递到了他的手里。

第八章

侦探入会

对于即将到来的下午茶会,斯特雷奇威充满了好奇和期待。他去买了一些精致的蛋糕和巧克力。回来之后,他来到板球场消磨了一会儿时间,这位板球狂热爱好者专注地欣赏着场上的比赛,这让他心情愉悦,就像听歌的乐迷和正在垂钓的渔夫。在球场中央,由11个人组成的第一队和格里芬、蒂弗顿参与的第二队正在打比赛。这是奈杰尔进学校以来第二回意识到教师之间也有等级存在,想想伦奇在上课,格里芬和蒂弗顿却在打球。蒂弗顿是天生的板球运动员,当奈杰尔看着他漫不经心地、优雅地打着球时,他十分主观地把蒂弗顿从嫌疑人名单上删除了。

　　能够这样击球的人怎么可能做出那种卑鄙的、恃强凌弱的事呢？奈杰尔想。他沉浸在无际的天空、绿色的草地和运动员们优雅的动作中，不知不觉时间过得飞快，一看表，发现离约定的时间只有十分钟了。

　　他赶回房间，把水烧开，把蛋糕和巧克力端出来，准备迎接他的客人。两位访客的脚步声近了，小史蒂文斯把头伸到门边，直勾勾地看着斯特雷奇威问道："我能带一个人和我一起来吗？"

　　"当然，如你所愿，带他一起来好了。"

　　"好的，先生，其实我已经把他带来了。"小史蒂文斯把头扭到门外对着另一个人说，"他说让你一起来。"

　　"可是，珀西会不会有意见？"

　　"管他呢！珀西也得听侦探的。"

　　"这个侦探长什么样？"

　　"看起来人不错。来吧！桌子上还有牛奶巧克力呢！"

　　"噢，那好吧，你不必拽着我的耳朵，我自己会走。"于是，小史蒂文斯走进了房间，身后跟着一个胖乎乎的男孩子。小史蒂文斯介绍道："这是庞森比，我的手下。小心别被桌子绊倒，你这个小傻帽。"

　　庞森比吃着蛋糕和巧克力，慢慢地不再紧张。小史蒂文斯和奈杰尔聊得很开心，他们探讨了不同冰饮的优缺点，向奈杰尔介绍了他的飞机模型舰队，还讲了一些学校教师出丑的事情。当盘子里的食物被吃光后，小史蒂文斯感叹道："太美味了，先生，这比在食堂吃那些硬板纸上油乎乎的东西强多了。"

"硬板纸上油乎乎的东西？"

"他指的是烤面包加黄油，先生。我们每周六的茶点都吃这个。"庞森比解释道。

"黄油！"小史蒂文斯阴沉地说，"黄油倒好了！那都是人造黄油，甚至人造黄油都不如……"

奈杰尔打断了他即将开启的营养学讲座，说道："好吧，我想我们该谈谈正事了，说说威姆斯吧。"

小史蒂文斯皱起眉头，看起来很像他的哥哥，但更像一个实干家，一颗未经雕琢的钻石，一个有几分领袖气质的人。

"这不太方便，"他说，"主要是不只是关于他一个人的事，还牵涉到了我们黑点帮，我如果就这么说了，那就是泄密了，这是违反帮规的。"

"违反帮规要受罚的，就算是驱逐出帮派，也要先重重地惩罚。"他的手下盛气凌人地补充道。

"那如果我入了黑点帮呢？如果你们准许的话……"奈杰尔没有说"这将是莫大的荣幸"这句话，因为他意识到小史蒂文斯对这种成年人的客套并不感冒。

"我明白你的意思，"小史蒂文斯说，"但任何人想要加入黑点帮的话，都必须要通过一个测试。"

"一个测试？"

"也可以说是一场考验，来证明你有足够的勇气成为我们的成员。"

"我可以试试看。"

"不过,先生,这个测试是让申请人去做一些滑稽的事情。对男孩们来说刚刚好,但成年人的话可能不太合适。"小史蒂文斯考虑得很现实。

"我们就不能吸收他成为我们帮会的荣誉会员吗?"庞森比插嘴。

"住嘴,庞森比,这我早就想到了。"

"如果你不介意的话,我还是想成为正式会员。"奈杰尔说。此时此刻他还没有意识到,正是这个大胆的决定,让他最终锁定了凶手。

"太好了!您真的不介意吗?那测试就安排在明天吧。今晚我们会把题目准备好。"

"测试的题目都是一样的还是?"

"不是一样的,我们会为每个申请人定制个性化的测试题目,那样更加有趣,当然,这些测试的目的都是一样的。明天早上您就会得到指示,完成了之后就告诉我,也就是说……"小史蒂文斯一时有些词穷,说不下去了,看来帮主的口才水平也不是那么高。

斯特雷奇威假装没有注意到这个尴尬的细节,他和对方约好了下次会面的时间和地点。小史蒂文斯也恢复如常,他和庞森离开了房间时,两人不住地反复说道:"先生,多谢您的好意!""先生,非常地感谢!"

感激得好像奈杰尔给了他们全世界似的,他们走出没多远,小史蒂文斯又跑了回来,把头从门口探进来,小声说:"嘿,我说,您不会把测试的事告诉任何人吧?这可是绝对机密啊。"

奈杰尔让他放心,尽管他有点焦虑。花费了一下午的时间,还搭进去一堆巧克力和蛋糕，一点关键线索也没得到，明天还要浪费宝贵的时间来参加一个劳什子的入会仪式。然而，另一种直觉告诉他，他摸着门道了，这种感觉之前也有过。

如果说那天晚上他上床睡觉时还只是隐隐感到不安，那么第二天早晨他如约收到那张纸条时，真是彻底地郁闷了。这有点太过分了，真按照上面的指示去做的话，恐怕还没抓到凶手自己就得先进精神病院。

这是一张粗糙的作业纸，上面有许多拇指印，如果有指纹专家在场，那么他可以好好研究一番。还有一大滴黑墨水滴成的墨点，无疑这就是黑点帮的帮徽了。纸上用大写字母写着：

如果你想成为古老又荣耀的黑点帮会成员，请必须在下午2点之前完成以下事项：

1. 为苏德利喷水池里的人像用粉笔涂上白色胡须。

2. 去村子里找一个叫希金斯的人，看看他有名的天平，回来之后要详细描述出来。

3. 从埃奇沃斯勋爵的鸡窝罩子里拿走一个捕兔器，并在得到指令前保持原状。

请按照顺序来行事。

另：请遵从上述指令。一旦你在任何节点上逃避或失败，你将无法加入黑点帮。

再另：阅后即焚。如果你向任何人泄露了这张纸上的内容，或是任何与黑点帮有关的事情,你将会得到帮会严厉的惩罚,黑点帮不会手下留情,你会走得很安详。

黑点帮全体成员

这篇冗长的文章凸显了作者的文化基础和创造力,让读者的额头直冒冷汗。按照这个要求,奈杰尔要么被抓进监狱,要么会被送去疯人院。但是,他的冒险精神和奇怪的好胜心还是赢了。他烧毁了那份文书,借来一辆自行车和一支粉笔,还咨询了有关埃奇沃斯勋爵鸡窝罩子的相关信息。汽车太显眼,骑自行车比较合适,尤其是这辆式样老旧的,最为低调。据他了解,埃奇沃斯勋爵的住所离学校有几英里远,在村子的相反方向,并且有一道篱笆隔着。他还听说,文书里的那些秘密据点有专人看守,但是偷猎者们常去,瓦尔校长手下的年轻教师们也常去。

十点钟后他出发了。阳光分外刺眼,清晨的浓雾正在消散,这预示着他将经历精神和肉体上的双重折磨。他的自行车因老旧而咯吱咯吱地响着,他这才意识到,这辆普通的自行车和他那身已经磨损但仍具有绅士风度的衣服不太搭调。当远远看到村庄时,奈杰尔发现自己骑得更慢了。一路进了村子,来到村子中央的绿地,之前的焦虑逐步升级。喷水池里的塑像是个身材魁梧且年龄不详的女人,她身上已经部分发绿,姿势优美地站在一个难看的大水池中。雕像的周围簇拥着一群村里的年轻男人,他们都穿得很精神,坐在大水池边聊天。奈杰尔几乎要放弃了,他正要转身离开时,小史蒂文斯的样子在他的脑海中浮现出来，仿佛在嘲讽他。如果大侦探连这点小事也做不到，那不是让人看不起吗？想到这里，他挺直身子，把自行车靠在墙上，走了过去。

"早上好！今天天气真不错！"

"是啊！"

"请问希金斯先生住在附近吗？"

"他啊，他在闹市区的店里。"

"听说附近发生了一起谋杀案，这事儿挺糟心的吧？"

一个小伙子向女神像那里粗鲁地吐了口唾沫，然后戏谑地说："是挺糟心的。你们听见了吗？这位侦探先生说，我听说你们附近发生了一起谋杀案，哈哈哈，可真逗。"

旁边的人便一起哈哈大笑起来。奈杰尔有些震惊，他的大脑在快速地盘算着，口里则继续搭讪："你们竟然认识我，有点意外。"

"找到什么线索了吗，先生？"

"有一些吧，我们进展得很慢。"

"这位侦探先生向我们打探希金斯先生是否住在这里，这意味着警察先生将会逮捕希金斯，是吗？"一位村民这么分析着。

"侦探先生，你最好小心点，希金斯先生每周六晚上总是酩酊大醉，然后在整个周日上午都特别暴躁。"

奈杰尔说道："不，我不会逮捕希金斯先生。"他的保证显然让听者很失望。

"说到线索，我的确在寻找一些东西。实话说，如果有人能帮我找到它，我愿意给他五先令。"显然，他的话引起了大家的注意。

"你们知道有谁会有兴趣挣五个先令吗？"他问道。

"喂，先生，您在找什么？我们可以帮您。"众人纷纷应声。

"太好了！根据我的推断，这个年轻人是在从这里到学校的路上被谋杀的。他的手帕不见了，应该掉在这附近的沟里，或者是这条大路上的某处，又或者被甩到树篱那边去了。如果我一个人搜，可能要花很长时间，而且我也不想麻烦警方，他们已经够忙的了。如果有人找到这块手帕，随时来学校找我，我会付给他五先令。"他话还没说完，眼前的听众顿时作鸟兽散，纷纷投入了热火朝天的搜索手帕活动中。

现在大水池旁空无一人。奈杰尔跨过栏杆，蹚过满是浮渣的水，走到雕像面前。他回头瞥了一眼，觉得自己像是要在海德公园里乱搞的小混混。完成任务后，奈杰尔把粉笔装进口袋，转过身来。当他爬出水池，推着自行车，准备执行下一个任务时，不远处的几个窗子后面迅速闪过不下二十张脸。

他眼睛近视，没注意绿地旁边的那些屋子，屋子的每一扇窗户后面都有一个或几个人躲在窗帘后偷看，饶有兴趣地注视着这位侦探先生的一举一动。接下来的几天里，街头也好酒吧里也好，人们都在热议这位侦探这种奇葩行为的用意。有人认为他是在池子里搜索尸体，还有人认为水池里的铜雕像提供了破案的重要线索。

当侦探湿着裤腿离开后，人们发现女铜雕像的上嘴唇长出了浓密的白胡子。苏德利的学生们来村子里的教堂做礼拜，看到铜像的那一刻他们忍不住爆笑，但这是个秘密，只有三个人才知道个中原因。这个秘密还要保守许多天，一直到另一个更大的秘密被解开。

"希金斯先生，住在村子里。"他成功地完成了女神雕塑的任务，默默念叨着："还有那个天平，这项任务是考验申请人的观察能力，这难不倒我。"

他找到了希金斯的家，敲了敲门，过了好一会儿，门终于被打开了，一个秃顶的大个子站在门口。他的双眼充满了血丝，看起来脾气暴躁，衣衫褴褛。

"我的店星期天不营业，"这个人咆哮着，"你们这些酒囊饭袋所谓的旅行者，国家的耻辱，星期天中午的时候还到处乱窜。"

"您误会了，希金斯先生，"奈杰尔温和地回复，"我不是一个旅行者，您看，您会发现我的穿衣风格和徒步旅行者截然不同，而且他们借我的这辆车破得不能再破了，这不可能是徒步旅行者的装备。"

"好吧，那你想干什么？"

"我就住这附近，听人说，您那有名的天平值得一看。所以我冒昧地请求……"奈杰尔突然打住话头，警觉地看着对方。

希金斯的脸色一下子变了，从番茄红，到菠菜绿，再到李子黑。他气喘吁吁地扑向奈杰尔吼道："又来了一个该死的警察，你是警察吧！"

奈杰尔好不容易才挣脱了希金斯，对方的手里还抓着奈杰尔衣服上的两颗纽扣和一些碎布片。奈杰尔迅速跳上自行车，沿着来时的路飞快地骑回去，发誓要报复小史蒂文斯，把他带来这里教训一顿。当他骑了一段路后，他放慢了速度，意识到男孩并非故意为难他，这个年龄段的孩子毕竟见识有限，小史蒂文斯想当然地认为斯特雷奇威熟悉他们当地的这些奇人奇事。第二项测试和第一项测试一样，都要求被测试者有足够的胆量和智慧来完成任务。

奈杰尔骑着车，看到那群年轻男人还在路上沟边认真地搜寻着根本不存在的一条手帕，他紧蹬了几步，前面是一座小山，山后就是埃奇沃斯勋爵的领地，一道高高的铁丝网拦住了他。他把自行车靠在铁丝网边，然后弯下腰，一只手抓住铁丝网，还没等他做什么，他已经发现自己眼前站着一个穿着灯芯绒裤子的大个子，手里还拿着杆枪。那个大个子的神情阴沉充满了怀疑，就像猎场看守人、公园看门人或是警察那样盯着他看。

奈杰尔现在热血沸腾，一点也不害怕，还有点小兴奋。如果小史蒂文斯在场的话，看了奈杰尔接下来的表现，他一定会把自己帮主的位置让给奈杰尔。奈杰尔把手伸过电线，亲切地叫道："我想您就是埃奇沃斯勋爵吧？"

"不。"那个魁梧的男人说，他那冷酷的眼神有些闪烁。

"那么，您是看守人了？"

"就算是吧。"

"嗯，这种事您也不能确定吗？不过，这不重要。您……"

"喏，"大个子指着身后的一张布告打断了他，"'非法侵入者死'看到了吗？别从这篱笆上爬过来。"

"对！我当然知道不能过去的，但是刚才苏德利堂的两个男孩进去了！我刚才看见两个男孩从篱笆下爬过去，已经跑了一百多码远了吧！"

"这帮小混蛋！"看守喊道，"我要宰了他们！"他急忙朝奈杰尔指的方向跑了过去，奈杰尔则连忙趁机爬了进去。接下来的一刻钟里，就是奈杰尔能利用的时间。他在树林里还没走到十码远，一只野鸡从他脚边蹿了过来，"叽叽嘎嘎"地乱叫，树林里顿时一片嘈杂。

他的心几乎要跳出嗓子眼了，已经能听到看守人"砰砰"回来的脚步声。奈杰尔一头扎进左边的一片蕨类植物中，躺在高大的叶子下喘着粗气。看守人走近了，他怀疑地环顾四周，走到那片蕨类植物旁边，用枪口探进去戳了几下。奈杰尔小心地躲闪着，差点被戳到。一会儿之后，看守人离开了。又等了几分钟，奈杰尔才钻出来，继续小心翼翼地寻找捕兔器。这次他走得很慢，鸟儿们可能已经熟悉他了，没有再发出嘈杂的声音。很快他就看到了一个长满草的坡地，上面有许多兔子洞。他缓缓靠近，仔细地观察，那绑在棍子上的金属套索一定就是传说中的捕兔器了。他弯下腰，把它从地里拽了出来。这时，身后又传来一阵窸窸窣窣的声音。他又一次起身，看见那个大个子看守人正盯着他看。

"这下被我抓到了吧！"大块头厉声说，向他压了过来。

"我中他们的奸计了！他们真是小魔鬼！"奈杰尔作势向树林里窥视着，突然喊道，"看！他们在那儿。快！这次一定会抓到他们！"趁看守人发愣的时候，他把捕兔器塞进口袋，迅速跑了。他跑了很远，直到看守人追不上他，然后快速爬出铁丝网。自行车不见了，他根据太阳判断了一下方位，沿着绿树成荫的小路向大路走去。还没走一会儿，就听到前面有人说话。他以为看守人带着增援部队来拦截他了，便屏住呼吸，悄悄地摸了过去。可就在他听清说话的声音和内容的时候，他震惊了。那是伦奇的声音，他在和一个女人说话。

"我告诉你，没有什么好怕的。只要你保持沉默，我们就安全了。"伦奇说。

"我也是被逼无奈，那个阿姆斯特朗先生，他肯定怀疑我了！他一定会逼我说出实情的。"

"如果你敢出去乱说，我就拧断你这迷人的脖子。你知道的，如果说出去，我的前途就毁了！那个老混蛋加兹比已经觉察到什么了，他成天话里话外地暗示，不知道什么时候就会传到瓦尔耳朵里！我的姑娘，除非警察开始怀疑另一件事，否则你可千万别说出来。"

"你一点也不在乎我，西里尔。我在你眼里只是个玩具罢了，你只在乎你的臭名声。哦，先生，你怎么就……"

"闭嘴！"伦奇厉声说，"别来电影里的那套。任何人都会认为你是一个被恶棍引诱的可怜的、无辜的小东西，而不是……"

"你滚，我恨你。"

奈杰尔小心翼翼地向前倾，以便能认出那个女人，她的声音似乎有些耳熟，她穿着鲜红色的连衣裙，这是苏德利堂用人在礼拜日穿的衣服。

"我这不给力的视力，一个近视的侦探，真是无语。"他挪得更近了。

"果然，是那个叫罗莎的姑娘。"他的脚一滑，重重地摔倒在矮树丛。女孩尖叫起来，伦奇也吓了一跳，拖着女孩跑走了。奈杰尔真想踢自己一脚，不然还能听到更多线索的。不过还好，至少他们没看见他。他稍事休息了一会儿，然后继续往前走，在路边找到了那辆自行车，然后慢慢地骑回学校。

蹬着车，奈杰尔在心里开始复盘：迈克尔早前已经把伦奇和加兹比之间的矛盾告诉我了，警长也提到过漂亮的罗莎似乎有所隐瞒。伦奇是一个干劲十足，总想着干出点事业的人；罗莎是一个性感尤物，当然也可能是一个恶魔。让我们重新整理一下思路。除非警察开始怀疑"另一件事"？如果她把这事说出去，伦奇就完蛋了。显然，"这事"是他和罗莎的私情。那在什么情况下他们的私情才能说出来呢？只有在更严重的威胁下，也就是"另一件事"——伦奇成为犯罪嫌疑人。只有这时，为了不在场证明，才能把"这事"说出来。

关于那天下午的行踪，罗莎是这么和警长说的：她感到不舒服，两点钟左右上楼回到自己的房间，一直待到两点半多。如果说伦奇那段时间和她在一起，那就是罗莎隐瞒事实了。而伦奇关于两点到两点半之间的行踪是，他说他在房间里看书。如果他就是凶手，那么他肯定是在两点到两点半之间下的手，这样的话他反而有了最硬的不在场证明。不，不是两点半，应该是两点半过后的几分钟。警长说第一场比赛没人见过伦奇，但伦奇自己却说他和一个棕色西装的人谈笑风生，给人一种比赛开始时他在场的印象。这可能是他编造的不在场证明的一部分。他会说他是为了避免承认和罗莎在一起而编造的。如果是他杀的，那么，时间是在两点半之后的几分钟。毕竟从2点至2点15分这段时间，格里芬和莫德一直在操场上，接着人群就涌向操场了……

奈杰尔被这些线索弄得头晕目眩，回到学校后，他叫来了小史蒂文斯和庞森比。

两个男孩一吃过午饭就过来了。尽管奈杰尔急于问他们事情，但在此之前必须先举行入会仪式。他把自己上午的冒险经历说了一遍，掏出捕兔器交给小史蒂文斯。然后，他被蒙上眼睛，帮主小史蒂文斯在他面前庄严地宣读了一遍入帮誓词，他也必须跟着念一些"如有反叛死无全尸"之类的话。最后，蒙在眼睛上的带子被解开了，他发现自己的右手腕上印了一个很大的黑点，从此他成了黑点帮的正式成员。庄严的帮主和他的手下现在变成了小史蒂文斯和庞森比，游戏结束了。

"先生，威姆斯被杀的那天，早餐的时候，我和庞森比约好在莫德的棚屋会面，处理帮会的重要事务。"最后这句话让他立刻又变回了黑点帮帮主，"午饭一吃完，我们就溜出来了，然后就藏在……"

"你就藏在那堆麻袋后面，靠在棚屋右边的墙上。"奈杰尔若无其事地插嘴说。

男孩们惊讶地睁大了眼睛，庞森比说："天哪，先生，您怎么知道的？您真是一个很厉害的侦探。您是伦敦警察局的头儿吗？"

奈杰尔不习惯被那么直白地夸奖，他有点脸红了："雕虫小技罢了。请讲下去，你说的事很有意思。"

"其他也没啥了，我们谈了很长时间。您知道，我哥提请我们帮会把威姆斯教训一顿的事情，所以我们也要做好计划如何实施这件事。讨论完了之后，我们就赶在他们换班前赶回了教室。"

"帮主想告诉您，先生……"庞森比插嘴说。

"闭嘴，一边待着去，庞森比！警察也问过我们午饭后有没有人出门，我们当然什么也没说，这可是黑点帮的一级机密。"

"我明白了。"奈杰尔说。他心想幸好你们没有告诉阿姆斯特朗，不然你俩就成了警方眼中的犯罪嫌疑人了。

"这么说，你进出的时候并没有看见威姆斯。"

"没有看到他。我们好像并没有帮上您什么忙。"小史蒂文斯遗憾又有些急促地说。

"你们帮我解开了一个谜，我想，如果你们能再多回答我几个问题，可就帮了我大忙了。"

"哦！尽管问吧！先生！"

"先生，问我也行！"

"首先，我想威姆斯不是黑点帮的成员吧？"

"当然不是，我们不要这种败类！"小史蒂文斯显然很讨厌威姆斯。

"那他会想加入黑点帮吗？"

"可能吧，男孩们都觉得这很酷。"

"那么，你们如何发展新成员呢？"

"都是小史蒂文斯一个人说了算。"庞森比的语气里有一丝不满。奈杰尔心想，啊，果然如此。

"你敢再瞎说我就撕烂你的嘴，庞戈！对于新成员的招募，我们都开会讨论，除了我和庞森比之外，还有六位成员。如果大家都同意，那么我们就会给那个人测试，你知道的，就是那个测试。"

"假如那个人不愿意加入呢？我是说，你怎么知道他是否愿意呢？事先会征得他的同意吗？"

"有时候，先生。一般来说，我们都是直接给他指示就好了。"

"学校里的大多数人都知道黑点帮吗？我的意思是，如果你事先没有和人商量就给出指示，要是对方以为是在恶作剧呢？"

"我想没有人不知道黑点帮吧，虽然我们帮规绝对保密，但大家多少都知道一点的。"

"所以，如果一个男孩得到了一套指示，他想要加入帮会的话，他就会遵照指示悄悄出去参加测试，而不告诉任何人？"

"没错。"

奈杰尔靠在椅背上，点燃了一支香烟。到目前为止，一切似乎都证实了他的大胆推测，然后他终于问了那个关键的问题。

"你昨天说你们为每个新成员制定了不同的测试，都有些什么测试呢？"

"各种各样的事情，诸如与老师恶作剧，拨乱学校的钟，把斯维尼的铃藏起来，像您一样到处侦察，等等。"

"最后一关基本是小史蒂文斯想出来的，先生，"庞森比说，"不过它从来没有成功过。他打算叫一个家伙消失一个小时，这个人可以到学校或操场等任何他喜欢的地方去，但不能被人看见。"

奈杰尔心跳加速，他的判断是对的，他那个大胆的推论是正确的。他尽量控制住自己的声音，漫不经心地说："听起来不错。它为什么没成功过呢？"

"嗯，先生，事情是这样的。我们写好了指示并叠好递给了那家伙，但是被老师发现就把它没收了。"

好家伙，令人难以置信，奈杰尔心想。他接着说："老师没有把这件事情搞大吗？会影响帮会的命运吗？还是说老师看也没看就把纸条给撕了？"

"不，先生，西姆斯对这件事很客气，他人不坏。他没有撕掉纸条，而且应该也没有把这件事报告给珀西，否则我们早就被珀西收拾了，珀西最讨厌人拉帮结派了。当时，西姆斯只是就事论事批评了我们一顿，没别的。"

西姆斯！我的天！原来是西姆斯。好吧好吧！

"既然西姆斯先生是个正派人，为什么每个人都跟他过不去？"

"哦，我不知道，但就是忍不住想欺负他，而且他也不会报复。他除了念几句诗歌，其他什么也不会。他只会动动嘴皮子，从来不会动真格的。现在他把这些都写在他随身携带的黑皮本子上，他称之为'末日之书'。"

奈杰尔意味深长地说："谁也不能担保嘲笑谩骂他完全没有后果吧。"

小史蒂文斯和庞森比在座位上不安地挪动着身子，说道："真那样的话，是运气不好咯。比如那天课堂上，我们忘了那个时候珀西还在校长室里。到现在我的屁股还是很疼，你呢？庞戈。都是那老学究的粗手杖打的。"

"好吧，给你一个先令，买些药。据说，巧克力内服疗效很不错。"

127

"多谢您的好意,先生。"

"多谢了,先生,我们真的帮上忙了吗?"

"关于我们之间的谈话,一个字也不要泄露给任何人,因为你实际上告诉了我这场凶杀案究竟是如何发生的。"

"天哪!"

第九章

观往知来

送走了黑点帮帮主和他的手下,奈杰尔来到了西姆斯的房间。西姆斯没收了那张黑点帮的纸条,要怎么才能不打草惊蛇地打听他这件事呢?好像这是不可能的,如果他是凶手,那么这张纸条一定派上了用场,提及纸条必定会让他起疑心。如果他不是凶手,他也会很警觉,毕竟他生就一张背黑锅的倒霉脸。感觉无论怎么开启这个话题,都可能会刺激到他。

最终,奈杰尔决定就以平常心,直截了当地问一下这张纸条的事情。一进西姆斯的房间,奈杰尔心里就默念了一句:物似主人型。这个房间就像西姆斯本人一样乏味无趣、死气沉沉、落魄冷清。看得出来，他也是花了心思去布置房间了：地上铺着淘来的二手地毯，墙上挂了几幅名画的复制品，屋子里还放着一张巨大而精致的桌子，但不知怎么的，它们并没有起到装饰的作用，这些物品堆砌在这个房间里莫名其妙地散发着颓丧的气息。它们和房间里的其他家具并不和谐，就像西姆斯和他的同事们似的，总显得格格不入。

见奈杰尔光临，西姆斯连忙开始在房间里翻找，准备找出香烟以示待客之道。奈杰尔则仔细观察了西姆斯老师的书架：他的藏书品类多到令人咋舌，但奇怪的是，书架上居然一本小说也没有，放眼望去满满都是基督教神秘主义书籍和大量福音派布道书，除此之外就是诗集，乏味的现代诗和古典诗名著，穿插在这些书之间的，是中小学教科书。这个书柜像是一座充斥着失败和失望的博物馆，奈杰尔不由得对这个矮小的男人心生怜悯。可我还要好好问问他那张纸条的事呢！奈杰尔心想，有点给丧家之犬做活体解剖的感觉啊。

"案子进展还顺利吧？"西姆斯说着，给奈杰尔递上了烟。

"哦，相当不错，今天有很多发现，虽然有些线索来得挺偶然的。其实我已经摸到点头绪了，也大概明白了这个案子为什么一直悬而未决。"

"真的吗？我的天，你的意思是？"

"嗯，你一定也很奇怪吧，那天下课后，威姆斯到底是怎么神秘地消失的呢？"

"我吗？啊，是的，这确实太不可思议了，除非他下课后就被干掉了，否则一定会有人发现他的行踪，对吧？"

"表面看来，有这个可能，但还有一种可能就是，他自己不想被别人看到，所以他故意躲开了大家的视线。据我调查，他那天连午餐也没吃。其实你可以猜猜看为什么，我觉得你应该知道答案。"

西姆斯眨了眨眼，一脸疑惑地说："我？怎么可能？斯特雷奇威，你在说什么呀？"

"你还记得一张小纸条吗？上学期你没收的，纸条上面有一个大墨点，纸条上用大写字母写了一些话，要想加入黑点帮就要如何如何之类的。"

"上帝啊！你怎么知道的？是的，那是学生中间的一个秘密小团体，好像是说什么消失一个小时？说要彻底消失，不被任何人发现那种。"透过厚厚的镜片，西姆斯的眼睛闪着光，"天哪，斯特雷奇威，我明白你的意思了。你是说，威姆斯是收到了这样的纸条，所以才自行消失了？凶手是黑点帮的？不会吧，他们毕竟是孩子，顽皮淘气是有的，杀人？不会的！"

"我同意你的看法，不会是学生干的，不知道校长会怎么想。那么，你还记得那张纸条吗？你是怎么处理的？有没有可能被别人拿走？"

"哦，不，我当时就把它撕了。那天下课我在起居室里和他们聊了这个事，然后我们一致认为应该撕掉算了。"

"我们？"

西姆斯看上去心事重重，他低下头说："斯特雷奇威，你对那个警长怎么看？"

"我还没有把这件事告诉他,不过好像我必须得告诉他。"

"我明白。不过,我其实很怕给人添麻烦……"

奈杰尔缓缓地说:"就这张纸条的事来看,你也有一定的嫌疑。"

"哦,我的天,是啊,当然,太糟糕了。但也不只是我一个人,让我想想,伦奇也看了纸条;让我想想还有谁,还有迈克尔。我记得当时迈克尔让我们不要再追究了,说这个帮会组织对孩子们的成长有好处,可以锻炼他们的组织力和创造力。我觉得他说得没错,他很了解那些学生,也很受学生们的喜爱,我就不行,总是无法融入他们。"

"还好,有两个学生在我面前夸你来着。"

"真的吗?"西姆斯面露喜色,"那我太高兴了,可能你会觉得我挺没出息的,因为这么点小事就喜不自禁。其实我们当老师的,最开心的事莫过于被学生认可了。"

奈杰尔巧妙地结束了这场谈话。他在确定黑点帮的纸条只有西姆斯、伦奇和迈克尔知道后,就借故离开了。现在该轮到让阿姆斯特朗警长来分析一下这个刚发现的秘密了。在过去的两天里,他只到学校来过一次。不过,一直有一个警察在学校驻守。

"派警察驻守在学校就是为了防止我们中的任何人逃跑。"正如格里芬所说,起居室里的每一个人都浑身不自在。很明显,阿姆斯特朗有意放手让奈杰尔调查,好为他的下一步行动扫除障碍。

奈杰尔问瓦尔夫人是否介意在下午茶前开车送他去斯塔弗顿,希罗欣然同意了,因为到目前为止,她还没有单独和他一起相处过。对于奈杰尔,她有一点潜在的妒意,这个人是迈克尔的好友,不知他会不会影响迈克尔对自己的态度呢？奈杰尔当然能感受到这种引而不发的情绪：她对我有敌意，因为我能帮迈克尔，而她则无能为力。奈杰尔决定示好，缓解一下这种紧张的关系。

"你丈夫现在状态怎样？"他问。

"还是那样，他的世界根基已经有点动摇了。不过我相信他很快会恢复的，除非家长们全都来给他们的孩子办退学。"她的声音冷冰冰的，语带嘲讽。

奈杰尔心里一阵嘀咕。他不喜欢这种说话冷嘲热讽的女性，他还是欣赏有点幽默感的那种。所以，当希罗接着问他案件的进展时，他就闪烁其词地敷衍了几句。

希罗把方向盘攥得紧紧的，急急地转了一圈，带动车子拐了个弯："我看出来了，你觉得我轻浮。可你难道看不出来我丈夫对我来说已经毫无意义了吗？我爱的是迈克尔，我什么都不在乎，只要他开心就好。"

"我知道你爱迈克尔，也能看得出他和你在一起很快乐。但现在你和你丈夫还没离婚，所以毫无意义这种话本身就毫无意义。你和他一起生活多年，打断骨头连着筋，很多事情不是你想当然的。目前的情况恐怕是，其实你自己也没有勇气离开你的婚姻，这让你很苦恼。"

"被你说中了，奈杰尔·斯特雷奇威。"她一边说着，一边碰了一下他的手，"你似乎很了解我，我想你会原谅我刚才情绪失控吧。最近发生的一切太可怕，就像一场噩梦。迈克尔向我伸出手，他很需要我，我也努力奔向他，可是我感觉奔向他的时候，自己就像在沙地里奔跑一样无力。他们不会还在怀疑他吧?"

"恐怕你们两个都是嫌疑人。就目前的情况来看,警方掌握的线索对你俩相当不利。不过,我准备告诉他们一件事情,他们应该会就此改变看法。对了,你不用等我了,我会自己乘公共汽车回去。"

"不,我等你。但你为什么如此肯定我们不是凶手呢?"

奈杰尔大笑道:"因为我不是个好侦探吧,我信任我的朋友,而不是只看证据。如果我是个冷血的侦探,我一定会怀疑你和迈克尔。"

"你人真好,奈杰尔,我不应该对你有成见。"

他们很快就到了斯塔弗顿警察局,在警局他们查到了阿姆斯特朗的住址。奈杰尔步行去警长家,盼咐希罗四十五分钟后打电话给他。见到警长后,奈杰尔没有废话,开门见山地把在小树林听到的谈话内容、那张被没收的纸条、黑点帮的入会程序以及他和西姆斯的谈话,一股脑儿全都告诉了阿姆斯特朗。

警长听完,表示很赞同奈杰尔的推理:"是啊,先生,我一直怀疑,那些孩子中一定有人知道内情却不肯透露。你证实了我的推测,我很感激。上面一直在催我们破案,但之前我们一直没有头绪,没有抓手。现在好了,我们可以采取行动了。我今晚就去学校找罗莎问话,一旦她说出实情,伦奇的谎言就遮不住了。很显然,他要么是在和罗莎鬼混,要么他就是凶手。但如果是他,问题就来了,他是怎么做到的呢?他的可疑时间是两点左右,但在我们看来,凶手不可能在 1 点 45 分之后动手,因为那时候格里芬和莫德就已经在户外了。"

"好吧,我们只要想办法找到一个时间缺口就行了。"

警长在椅子上调整了一下坐姿，用手指摸了摸上衣的纽扣。

"西姆斯和迈克尔也知道那张纸条的事吧？"他有些犹豫地问。

奈杰尔低着头，眼睛看着下面。

"我的意思是，现在我们都认同这一点了：凶手写了一张黑点帮的纸条给威姆斯，让他在12点45分之后隐身大约一小时，还要求他必须藏在干草堆那里，直到黑点帮的人去找到他为止。"警长用坚定的语气作出上述总结。

"他不可能马上藏在那里，毕竟迈克尔和瓦尔太太都在那儿。"奈杰尔坚定地说。

警长耸了耸肩说道："先生，你可以保留你的意见，但你的意见不能改变我的看法。迈克尔知道黑点帮纸条的内容，并且正是他最初提议西姆斯、伦奇不要向校长告发这张纸条的事……"

"这根本证明不了什么。"奈杰尔立刻打断道。

阿姆斯特朗昂起头说道："你跟我在这否定没有用，斯特雷奇威先生。迈克尔是你的朋友，但这不能证明他就不可能是凶手了。依我看，如果他在威姆斯的课桌里塞了一张纸条，告诉他下课后立刻躲进干草堆里，然后自己在一点钟溜出去，把他勒死……"

"对，勒死威姆斯的时候，瓦尔太太还在旁边喝彩助威呢！"

"随你怎么说，先生。至少你得承认，她和迈克尔先生比其他人动手的可操作性更强，更别说他俩还有杀人动机。"

"哦，好吧，我承认，"奈杰尔倦怠地说，"但我还是不相信他俩是凶手，迈克尔也好瓦尔太太也好，除非你能找到三个独立的目击证人。再说了，那封写给厄克特的匿名信作何解释呢？迈克尔是如何得知那个律师挪用了威姆斯的钱呢？"

"很可能是瓦尔夫人发现的，或者就像你说的，可能就是他瞎猜的。"

"不可能，那个凶手很明显对厄克特的所作所为了如指掌，不然厄克特怎么会吓到烧掉那封信呢？"

"嗯，不管怎么说，他还是去了那个小树林了。他家的仆人证实他那天开车出去了，我手下也调查到当天大约1点50分的时候，有人看到他的车停在树林外面。顺便说一下，蒂弗顿、伦奇、迈克尔和瓦尔先生都有自己的打字机，都有打印信和纸条的条件。"

奈杰尔往前探身说道："听着，让我们假设一下——单纯讨论而已：假设迈克尔和瓦尔太太不是凶手，凶杀也不是发生在一点半以前。那么一切会有什么不同呢？首先，威姆斯不可能在干草堆里，因为从接到指令到一点半，时间肯定超过了一小时，很明显他还有别的任务要做。现在我已经了解了，"奈杰尔快速地说，"小史蒂文斯他们发出的指令都是些恶作剧，那么那天到底发生了什么恶作剧呢？"

"这我倒是没发现……会不会是那些多出来的跨栏？莫德发誓说，他取出的时候数量肯定没错。"

"说得没错，阿姆斯特朗！这就是一场完美的恶作剧，要不是格里芬去莫德那里提前检查的话，这个恶作剧就实施成功了。"

"但也完全可能真的是莫德记错了。"警长狡黠地说。

"同样可能他没记错，假如莫德没有记错，我们再来分析一下威姆斯的行动轨迹。他不可能在午餐前对跨栏动手脚,因为从休息室的几扇窗户可以看到赛场。同理,他也不可能在午饭后行动。因此,他只能是在大家都在吃午饭的时候恶作剧,因为餐厅的窗户看不到操场。那么,根据我的推测,他从12点45分到1点之间藏在某个地方,然后取出了多余的跨栏,接着他躲了起来直到前往干草堆——或者在那之前,他还干了点别的。又或者,他接到的指令是取出跨栏后立即去干草堆,但他发现草堆那里已经有人了,因此他不得不等迈克尔和瓦尔夫人离开后,他再去某个干草堆里躲起来。"

警长听罢缓慢又笨重地摇了摇头:"可能性甚微,先生,这个推理太弱了,多余的跨栏可能单纯是由于球场管理员的疏忽造成的。再说了,我实在无法接受凶手和你朋友碰巧选择了同一个干草堆干坏事,而且凶手就这样等着你的朋友走了才对被害人下手。嘿,先生,你不舒服吗?"

奈杰尔脸色苍白,他张大了双眼,身子激动地颤抖了起来:"不,谢谢,我很好。你刚启发了我一个很关键的点,我有一个惊人的想法,但我会遵守我们的约定,保留各自的推论——至少目前我还不能透露——你知道的,我的想法还缺乏足够的证据支撑。"说完,他模仿警长刚才的样子,有些不屑地摇着头。

警长咯咯地笑了,他直言斯特雷奇威真是个古怪的人。听说希罗要来接奈杰尔,他便提议,想请瓦尔太太把他也带上,一起回学校。时间还早,阿姆斯特朗让女佣给奈杰尔泡一壶茶,两人刚把茶喝完,希罗就来了,不太情愿地让警长上了她的车。

到了学校后,奈杰尔被阿姆斯特朗拉到一边,问他是否愿意一起去质询罗莎。罗莎很快过来了,当她走进早餐室时,奈杰尔好奇地打量着她。她还是穿着那条红色连衣裙,她的乳沟、腰线以及大腿光滑的轮廓依稀可见。她傲慢地迈着步子走向椅子,显然是模仿自她最喜爱的某位电影女演员。她的脸蛋和身体散发着乡土气息,但她的举止和神情又在竭力保持优雅,看起来有点不大协调。当她从奈杰尔身边经过时,她那放荡不羁的目光坚定且带有挑衅意味地注视着他。然后她转向警长,脸上的表情瞬间就变了。奈杰尔不知道阿姆斯特朗采取了什么应对策略,总之他能感觉到这个男人强势的作风给这个姑娘带来了压力。阿姆斯特朗沉默地盯着她看了一会儿,才开口说道:"姑娘,你知道吗,在监狱里待一段时间可能对你没什么坏处。"

罗莎又恢复了风情万种的样子,捋了捋一缕卷发说:"您说什么?"

"我说,我可以送你去监狱。"

"上帝啊,我犯了什么错?您在星期天除了欺负一个善良无助的姑娘,就没有别的事可做了吗?"

"你犯了在警察面前作伪证的罪,明白了吗?"

"我听不懂您在说什么。"

警长弓着腰,像一头准备战斗的犀牛,一字一句地说:"那么,你肯定之前告诉我们的都是实话?案发那天下午两点到两点半,你就单独在房间里一个人呆坐?"警长说"单独"这个词的时候,带有了一点点口音。

罗莎用她粗粗的手指捻着一块手帕:"没错,阿姆斯特朗先生,我当然一个人在房间。"

阿姆斯特朗从椅子上站了起来,突然大声质问:"哦?这么说,伦奇先生并没有和你在一起?"

"是的,没有。哦,让我静一静!"罗莎的情绪有点崩溃了,她的嘴唇不住地颤抖,苍白的脸开始泛红,这样的她看起来像个玩偶。

警长趁势进一步逼问:"是吗?没人和你在一起?你总得说清楚你到底是不是一个人。说出来吧,我的姑娘。"

"您吓到我了,是的,我再说一遍,我是一个人。"

阿姆斯特朗靠在椅背上,意味深长地瞥了奈杰尔一眼,慢悠悠地说:"这下看来,伦奇先生的处境可就不妙了,是吧?"

"伦奇的处境?先生,您这是什么意思?不是在说我的事吗?"

"是啊,如果他没有跟你在一起,那么我们就知道他在哪、做什么了,你明白我的意思吧?"

罗莎快要哭出来了,她双手紧紧握拳,努力平静地说:"他在我的房间里。"话音刚落,她便哭出了声。

奈杰尔感到有些不安。即使是出于破案的正义目的,他也不太喜欢这种钓鱼执法的问话方式。他看着警长的脸,觉得对方似乎很享受这种感觉。

"伦奇确实在你房间里,是吗?你怎么又承认了呢?"见女孩渐渐平静下来,警长开口问道。

"啊,先生,别再逼我了!西里尔·伦奇先生让我不要说他在我那儿,除非……"

女孩把头低下埋在双手中,她的声音几乎轻得听不清:"除非他……除非你们怀疑他与那起谋杀案有关。"

"你有了说谎的案底了,姑娘,现在你如何证明你这次说的是真话呢?"阿姆斯特朗说,"你也完全有可能谎称你们在幽会,但其实是为了掩盖伦奇才是……"

"您一定要相信我!必须相信!我发誓我说的是实情!"罗莎疯狂地跳了起来。她的脸红得发烫,身体不停地颤抖,好像被电击一般。她紧张地转向奈杰尔,慌乱地比画着哭喊道:"先生,求求您,请让他相信我!"

"好吧,好吧,"警长说,"如果你想让我们相信你,你得把所有实情都告诉我们,不能掺杂一丝一毫假话。伦奇什么时候来找你的?"

"就在我上楼之后,按我和他之前商定的,我假装不舒服。"

"然后他两点半离开的?"

"我不知道确切的时间。当时外面响起了一声枪响,西里尔还说:'天呐,第一场比赛开始了,我要迟到了。'然后他就跑下楼。"

"当时他一直待在你的房间里吗?"

"是的,我刚才不是告诉您了吗?"

"他当时穿了什么?"

"我实在是记不清了,我只记得他穿了一套蓝色的西装,打了一条粉红色的领带。"

"现在,仔细回想一下,他进你房间的时候到底做了些什么?"

"啊,先生,这我可不方便告诉您。"罗莎有点卖弄风情地说。

"你不方便说的我懂,但是除了和你做爱之外,他有没有说过什么或做过什么,可以证明他是和你在一起的?"

"嗯,他走到壁炉跟前,拿起我哥哥的一张照片,问我那是谁。另外,他不停地说待在我的房间里有多危险。你知道,几乎一半的时间里他都是心神不定的状态。"

"很好,我想知道的就是这些。"

罗莎站起来,匆忙地走向门口。

"慢走。"阿姆斯特朗说。然后他按响了门铃,叫了一个警察在接下来的五分钟里监视罗莎。接着他又转向奈杰尔:"现在我们去听听伦奇对这一切有什么说法。"

他们沿着走廊上楼时,阿姆斯特朗问奈杰尔:"她说的,似乎挺像那么回事儿的,是吧?"

"你的意思是,你相信她说的是真话?"

"要么她说的是实话,要么就是她的演技太好了。"

"嗯,你是不是想说,瓦尔太太的演技也太好了?"

警长耸了耸肩,以表示无奈。

见到两位侦探一同到访,伦奇以一贯的半攻半守的态度应对。当阿姆斯特朗在对伦奇问话的时候,奈杰尔照旧对伦奇的房间进行了一番观察和剖析。

这是一个普通的教职员工的房间,乍看之下弥漫着唯美主义的气息。奈杰尔踱到书架旁,发现书架上有法国小说、青年诗人的诗集、左翼但不算极"左"的政治作家的作品,还有一些偏向实用方面的教育学论文。奈杰尔由此推测，伦奇在审美及政治立场上都表现得很激进，无非是想让别人觉得他很有个性——这其实是一种自卑的表现。实际上，除了学业和工作，他的经历乏善可陈。奈杰尔回到他的椅子上坐下，不动声色地朝下看了看。

伦奇说："嗯，我想你们来找我应该不只是为了闲聊。"

警长向伦奇问起了那张被西姆斯没收的黑点帮纸条的事。噢，他记得这件事和那张纸条的内容。是，迈克尔当时也在场，的确是他建议低调处理这件事。但当伦奇问到这张纸条和案情有何关系时，阿姆斯特朗搬出了奈杰尔的推论来解释。伦奇听着睁大了眼睛，嘴里吹了声口哨表示惊讶。

随后，谈话开始进入正题。

"现在，先生，"警长的声音一改之前的友善，突然变得严厉起来，"你能否解释一下，关于在谋杀发生时你的行踪，为什么你向警察撒了谎？"

伦奇的脸一阵抽搐，但他依然镇定地说："这么说你们已经对罗莎反复拷问了？不过，你们不能用这种方式对我，不然我会请律师帮我维权。需要我提醒你们法律的相关规定吗？"

"年轻人，少来这套！如果你不赶紧交代清楚你的行踪，我将以妨碍公务罪拘留你。"阿姆斯特朗的态度终于让伦奇有点破防了。

"哦，那好吧，"他说，"妨碍公务罪我可承受不起。罗莎怎么和你们说的？"

"行了，伦奇先生，别拐弯抹角的了。就问你比赛那天两点到两点半之间你在哪，做什么！"

"对，那天我从两点到两点半一直在罗莎的房间。很惊讶吗？"伦奇的话语让奈杰尔的神经紧张起来。

"两点半？第一场比赛的时候，你在现场吗？"

伦奇把眼睛眯起来，停顿了一会儿，说："不完全是。我还在她房间时，比赛的发令枪就响了，于是我立刻跑下楼，大约在比赛结束时我来到了操场。"

"那为什么你要编造一个和家长谈话的故事？为什么不直接告诉我说你在房间里看书一直看到两点半？"

"我本来是打算这么说的，但就在比赛开始前一两分钟，有一个叫史密瑟斯的男孩来我房间找过我，他知道我不在房间，所以，我只能编一个学生家长来挡一挡。"

"你觉得我们会相信你说的这些话吗？"阿姆斯特朗阴沉地说。

"嗯，当然。罗莎的口供和我的难道不一样吗？我不可能把那天干的所有事都说出来，那样我就完了，身败名裂。警长，你不会告诉校长吧？"

"你误解了我的意思，先生。我的意思是，既然你能编造一个完全不存在的'汤姆'爸爸，那我又怎么能相信你现在说的都是实话呢？你怎么证明，你现在告诉我们的这些是真的，而不是你和罗莎串供试图掩盖什么呢？"

"我和罗莎串供？我又没疯，怎么会拿这种毁坏名誉的事情来串供？"

"在某些情况下，或许有这个可能性。"

"他是什么意思？"伦奇面带紧张的笑容转向奈杰尔问道。奈杰尔已经对阿姆斯特朗的拖拉战术感到厌烦了，他的视线并没有看着伦奇，口中应道："他只是想确定你到底有没有杀掉年轻的威姆斯，仅此而已。"

伦奇开始疯狂吐槽，带着愤怒和惊恐的情绪。奈杰尔心知肚明，伦奇现在这个状态都是阿姆斯特朗逼的，他很清楚这次谈话最后的结果是什么。阿姆斯特朗故技重施，激怒了对方再逼问，让伦奇好好想想有什么证据可以证明自己真的在罗莎的房间。开始他想不起来，通过警长的步步引导和旁敲侧击，他记起了自己当天的着装和罗莎房间里壁炉架上的照片的细节，与罗莎说的情况相互印证了。

谈话完毕，警长和奈杰尔起身告辞，伦奇的脸上还挂着装出来的那种占上风的神情，但看上去非常不自然。警长觉得自己的行动受到了奈杰尔的干扰，他决定下次约见西姆斯时，一定要单独行动。而奈杰尔也受够了阿姆斯特朗，他迫不及待地想和迈克尔谈一谈。跟阿姆斯特朗谈话时他灵光一现的想法，必须立即加以证实。

迈克尔抬头看到奈杰尔走进房间，急切地问道："你这一整天去哪儿了？一路上用粉笔涂写黄色漫画？"

"比你想的更糟。我一直在想方设法加入黑点帮。"

"黑点帮？正是，黑点帮，那个还没有被取缔的黑点帮。你知道吗，小史蒂文斯是一个天生的领导者。在学校里，大约每十年就会出一个，在一个国家里，每一百年能出一个就不错了。为什么这些孩子中的大部分人，走出学校就失去灵气了呢？我也不知道为什么，可能有的人去办公室蹉跎岁月，有的人留在学校虚度光阴。我说，你在走廊里干什么？"

"作为黑点帮的成员，我不能泄露我们帮会的秘密。但我今天一直在梳理各种信息。事实上，今天可以被视为一个节点，案子有眉目了，快要水落石出了。"

"你的意思是说，你找到真凶了？"迈克尔兴奋极了，"我们可以洗脱嫌疑了是吗？"

"在我看来，你从来就不是什么犯罪嫌疑人，但恐怕警长还是不信。当然，自从詹姆斯·厄克特去世后，他对你的看法有所改观，毕竟那次追车太惊心动魄了。但之所以阿姆斯特朗没有逮捕你和希罗，其根本原因在于他没有证据。"

听奈杰尔说完，迈克尔的眼睛里又出现了前几天那种紧张的神情："嗯，我还以为最坏的时候已经过去了呢。看来我忙活了这几天，还是像个大傻子。"他有点埋怨地说，然后又看着奈杰尔，"对不起，我状态不好，有点丧。说说吧，你今天有何发现。"

"我能先喝点茶吗？"

"茶还没有给你送来吗？"

"送来了，但我还想再要一些。"

"哦，天哪，我建议你直接用皮下注射的方式把茶导入体内，那样省事多了。"

迈克尔开始烧水拿茶叶准备泡茶，奈杰尔则把一系列他所收集到的信息，除了伦奇和罗莎的私情，全都条分缕析地讲了出来。迈克尔最为惊讶的一点是，他之前竟然没有意识到威姆斯的失踪和被没收的纸条之间有联系。

"现在说正经的……"奈杰尔一边说着，一边渴望地盯着那个所剩无几的茶罐，"我要问你几个问题，先从最尴尬的入手。"

"来吧，先生，我不会感到尴尬的。"

"你和希罗是如何安排约会的？口头约定？"

"有时候。但最近她开始在花园墙上一块松动的砖头里面藏纸条，她很浪漫。"

"你有弄丢过纸条吗？"

"没有，据我所知没有。"

"嗯，应该不至于。你们一般在哪里约会呢？我的意思是，你们担心约会的时候被人发现吗？"

"很担心啊，但是你看，我们都爱得奋不顾身，可能潜意识里还有几分想被别人发现。刚开始时，我们有一两次约在灌木丛见面，然后我们就开始发展成爱人，但对希罗来说确实太冒险了，自那之后，我们就约在村子的某个地方约会。我们从来不去对方的房间。"

"据你所知，从来没有人看见过你？"

"不可能有人看到，不然事情早就闹大了，这周围的人都认识希罗。从某种意义上说，苏德利这一带，老师有丑闻就像是教区的牧师有丑闻一样，一旦有了这种事，早就七嘴八舌地传遍了。但可能正是因为我俩豁出去了，所以反而一直没被发现，就像战场上的士兵一样，越是不怕死，越不容易受伤。"

"那你们在干草堆的约会是如何约定的？"

"就是藏在花园墙砖块里的纸条，希罗在前一天吃完晚饭后放在那里，然后我第二天早上在第二节课课间休息的时候去取。"

"看来，你已经被别有用心的人盯上了。"

"是的，有可能啊。顺便问一下，你问这些做什么？"

"我还不能告诉你。但到目前为止，我掌握的情况很令我满意。要知道，我一直想不通的是，为什么凶手会选择干草堆这么奇怪的地方来动手。"奈杰尔一边说，一边好奇地打量着迈克尔。

迈克尔不解地问："那是为什么呢？"

"是因为你，"奈杰尔说，"他之所以选择了干草堆，就是因为你。"

"你是不是福尔摩斯附体了？你还好吧？"迈克尔有些不悦。

"现在，"奈杰尔试图打消他的不悦，"我们来讨论第二点，我想让你试着回忆比赛当天每一位老师在你面前做过或说过的每件事。这周内我们要把这个问题彻底搞清楚。"

"嘿，你以为我是什么？录音机吗？"

"不用精确到每个字句，尽量重现当时的情况就好。"

事实上，这项任务并没有迈克尔想象中那么难。在奈杰尔的巧妙引导下，他把那个倒霉的一天里所发生的事情逐个回忆起来：早餐时的谈话、课间休息时的谈话、午饭后在操场上的谈话、后来在起居室里的谈话，以及西姆斯和伦奇在干草堆旁的议论，几乎事无巨细，无论是否重要都被他努力回忆起来了。

讲得差不多了，奈杰尔似乎对起居室里教师之间的唇枪舌剑特别感兴趣，煞费苦心地想弄清楚加兹比和伦奇正面冲突的细节。在迈克尔仔细复盘了当时的一切之后，奈杰尔向后靠了一会儿，闭上了眼睛。

"蒂弗顿是个有头脑的人，"他自言自语地说道，"他立刻就抓住了问题的关键，你的那支铅笔。我想知道……"然后他睁开了眼睛，迈克尔惊讶地发现他的目光里透着一丝恐惧，"要知道，我讨厌这样，你们之中的这个凶手不仅是聪明，更糟的是，他……呃……"

"你是说……你知道凶手是谁？"迈克尔问，心里感到一阵不安。

"是的，"奈杰尔严肃地说，"我想我知道凶手是谁了，但罪证在哪我还有疑问。罪证疑云——如果你写侦探小说的话，这是个不错的题目。确切地说，我还没有足够的证据来串起证据链。如果一个人没有觉察到危险存在，他也不会关注……"奈杰尔打断自己的话头，晃了晃身体，说道："你们那位加兹比先生似乎是个大喇叭。这样，你现在就去找加兹比，对他说：'跟你透露一个秘密，我已经在警方挂了号了，他们怀疑我是这起谋杀案的凶手。'"

"我去和他说这个？加兹比不会相信的。"

"没关系。快去吧，伙计，能多快就多快。目前来看，把你作为头号犯罪嫌疑人的消息放出去是更安全的做法。"

"更安全的做法？"

"正是如此，更安全。"

现在是8点差5分，五分钟以后，全体教职工就要开始吃他们又冷又油腻的晚餐，这是瓦尔先生和他的教职工之间唯一的固定社交活动。迈克尔已经把那个秘密告诉了加兹比，加兹比则神秘兮兮地开始他的地下八卦小广播。

迈克尔早早地来到客厅，这样在其他人到来之前，能和希罗独处一会儿。她正在那儿等着他，穿着一身黑色的衣服，曼妙的身材在微风吹拂下凸凹有致，仙女般的金发在暮色中闪烁着，她向他伸出柔嫩的双臂。在黄昏的夜色下，他们吻在一起。

"我亲爱的,希罗,你太美了,美得好像清泉和旷野的花朵。亲爱的,我不能没有你。"

她把头往后一仰，身体露出优美的弧线。爱火燃烧的他们又接吻了，她的嘴因他的吻而变得越发可爱，她凝视着他，眼里充满了爱意。然后她屏住了呼吸，发出了一声小小的呜咽，像刮过松树顶上的风。然后她的嘴巴低垂下来，叹了口气说："哦，迈克尔，先停下，我太爱你了。我愿献出我的全部身心，来换取让你免受一分钟的痛苦或悲伤。但我不能这么做，迈克尔，请你试着理解我，此刻先别生我的气，如果你生我的气，那么以后再说，但不是现在；如果你怨恨我，我会生不如死，答应我别生我的气。"

"我保证不会生你的气。"迈克尔觉得自己的声音是从很远的地方传来似的，深邃、空灵且温柔。

"迈克尔，你真是个好人。听着，最近发生的这些事，让我变了，我变得比以前更爱你了。凶案发生前，我会毫不犹豫地离开珀西，而现在却不能这么做。亲爱的，别难过，我不是想要伤害你。我对你的感觉热烈到前所未有，但我也开始感觉到我和珀西之间的联系。你知道，我和他事实上还是绑在一起的，这一点我也无能为力，我现在没有办法立刻和他一刀两断。"

"就是说，你现在不想把我们的事告诉他？"

"现阶段不告诉他。现在学校和我们家都遭难了，我身上还有责任，并不能为所欲为地想干什么就干什么。当我奔向你的那一天，我一定要是毫无挂碍完完全全地属于你才好。"

迈克尔忧郁地回答："希罗，你说得对。可是你何时才会获得真正的自由呢？直到——他死了吗？"

"啊，亲爱的，我不知道，我真的不知道。"她声音里充满了绝望。迈克尔正要吻她，也许是他们的最后一次接吻了。就在这时，走廊里传来了声音。

"喂，警长，您还在吗？一切推进还顺利吗？发现什么线索了吗？"是加兹比热情的声音。

"我只是四处看看而已。"

瓦尔先生和夫人、奈杰尔·斯特雷奇威和员工们正围坐在晚餐桌旁。加兹比喝着一杯清淡的格雷夫斯酒，配上之前准备好的美食，幻想着自己是派对的灵魂人物。奈杰尔看了看希罗，她的脸上有一种神秘的、挥之不去的悲伤，仿佛承受着莫大的压力。再看看迈克尔，他的脸上也带着同样难以形容的痛苦神情，就像被巨石砸中受伤一般。奈杰尔心想，这两个人是同时被同样的一块巨石砸中了吧，在黎明到来之前，被一块来自世界尽头的巨石压垮了。

他神游的思绪被加兹比魔性的笑声给打断了，加兹比每次讲完笑话后,都会发出这样的大笑:"……她说:'但那不是我的票,是我姐姐的。'哈!哈!哈!这是她姐姐的……"

加兹比的笑声环绕四周,在桌子外围回荡。他笑得合不拢嘴,像个首席女歌唱家在等待观众的鼓掌。过了一会儿,他恢复到正常的音调说:"好吧,校长,鉴于学校出了人命案,原定几天后举行的家校球赛就取消不办了吧。"

瓦尔呷了一口水,这个动作本身就带有一种谴责的意味,随后他答道:"恰恰相反,加兹比先生。我认真考虑过这件事,我认为取消这个固定项目对学校不利,我太太也完全同意我的想法,何况我俩才是这个不幸受害者的直接亲属。总之,一切按照原计划,周二举行比赛。"

西姆斯搓着双手说道:"这简直太棒了!校长,我想你是对的。这个活动实在是太受孩子们和家长们的欢迎了,取消的话实在是太可惜了。"

听到下属的奉承,瓦尔先生礼节性地点点头,接着又喝了一口水,干咳了一声,继续说:"蒂弗顿先生,如果可以的话,明天斯特朗的人来搭大帐篷的时候,您去监督他们一下吧,我已经通知公司了。"

瓦尔是那种必须亲自或者委托别人监督工人干活的人,他继续郑重地说:"我已经发出了邀请,费尔韦瑟少校已经同意当父亲队的领队了。"

"大帐篷是什么?"伦奇低声问道。

"是大家喝茶的地方。"迈克尔答。

瓦尔先生冷冷地盯着打断他谈话的人,继续吩咐:"格里芬先生,我们教师队的十一个人选已经确定了吧?"

"是的。"体育老师格里芬回答。

然后格里芬低沉着声音对迈克尔悄悄说:"如果那个老傻瓜费尔韦瑟在边门晃悠超过五分钟,我就让史蒂文斯贴身紧逼。"

第十章

校长之死

又是一天早上，这天是星期一，早上 7 点 18 分的时候，奈杰尔·斯特雷奇威已经彻底醒来了，嘴里还在念叨着"干草堆"这个词。他从床上坐起来，身上盖着左一层右一层的毯子和羽绒被，靠在床头继续思考干草堆。是的，他觉得自己的直觉是对的，干草堆就是这个案件的核心。正如阿姆斯特朗所说，这一切实在太过巧合了，要么迈克尔和希罗就是凶手，要么就是真凶算准了要嫁祸给他们。因此，他很确定，一旦找到了凶手想要嫁祸于他们的动机，那凶手的杀人动机也就浮出水面了。但现在似乎陷入了一个僵局，一方面，警长对他的推理并不感冒；另一方面，他的推理在庭审时可能无法作为证据。但总得做点什么，凶手仍然逍遥法外，在校园的不知什么地方游荡，而且不知他还会不会再次出手杀人。这件事情完全不可控，凶手可能已经达到了自己的目的，就此收手。但他也可能随时爆发再次伤人，就像一座暂时处于休眠状态的火山一样。

证据，必须找到证据。一定要找到可见的、有形的、实事求是的证据，然后形成完整的证据链，把凶手彻底锁死。就干草堆来说，这个干草堆还有什么不能说的秘密吗？首先，它是用来嫁祸于希罗和迈克尔的媒介。但这个心狠手辣的凶手应该可以找到更安全的途径和手段来嫁祸于他俩。毕竟这是一桩谋杀案，他为什么选择这样一个公共公开的地方？他是在何时何地下手的？作案的时间和地点之间一定有某种联系。奈杰尔点了一支烟，细细地复盘了迈克尔对运动会的回忆。突然，他抬起头来，掐灭了香烟，喊道："我的上帝！是的，是的！一定是这样！好吧，真想不到！"

用完早餐，奈杰尔决定继续去查实一些事情，还有许多问题有待解决，除非把这些问题都解决了，否则案情难以取得进展。

他先去见了瓦尔太太，还没等瓦尔太太问他，他就开门见山地说："事情开始有进展了。我找你只为了三件事——一个请求和两个问题想请你回答。请求是这样的：如果有人问起来，请你告诉对方迈克尔就是警方的怀疑对象。"

"你的意思是他其实现在还不是警方的怀疑对象？"

"很抱歉地告诉你，警方仍在怀疑他，而且你也是警方的怀疑对象，但这种状态不会太久了。我想问的是,有没有教职员工和詹姆斯·厄克特走得比较近?"

"所有员工都认识他,我想蒂弗顿和他最熟悉。他有一个惯例就是每年至少请每位老师吃一次饭。"

"伦奇呢?"

"上个月他和詹姆斯共进晚餐。詹姆斯总是在新老师入校的第一个学期邀请他们吃饭。"

"第二个问题是,你能不能告诉我,你丈夫说他在更衣室的那段时间里,他都在做些什么?"

希罗疑惑地看着他,看起来内心颇为纠结,迟疑地说:"你一定要知道吗?如果我告诉你,珀西可能会因此跟我离婚。"

"我需要搞清楚。除非他犯了谋杀罪或其他什么罪,不然我不会把这些细节告诉别人的。"

"好吧,事实就是,他就是在换衣服。"

"什么?你说什么?"奈杰尔惊讶地几乎结巴了。

"他就是在换衣服,试穿不同的服饰,对着镜子看看效果,毕竟学生的家长们都会来学校。当然,他其实不知道我知道这些,不过,我想每个人都有缺点,珀西的缺点就是虚荣。"

奈杰尔怀着对校长个性方面的好奇,谢了瓦尔太太便离开了。他叫出了小史蒂文斯,悄悄吩咐了他几句话。再接下来,他找到了格里芬,他想让格里芬去一趟案发现场,并重演一遍案发当天 1 点 45 分到 2 点 30 分之间的行踪。当这个重演进行到一半的时候,格里芬突然对着一个孩子大声喊道:"你这个小兔崽子,你不知道你现在不该出现在这儿吗?"说着,格里芬朝小史蒂文斯跑去。

奈杰尔用手挡住了他:"没事,我叫他这么做的。我想看看凶手是否能在不引起注意的情况下来到干草堆,如果小史蒂文斯做不到,那么凶手也做不到。"

当他们再次进入主楼时,一只又小又脏的手拉了拉奈杰尔的袖子,那是庞森比的手。庞森比把他拉到一边,低声说道:"答应我你不会告诉任何人,包括我们的帮主。"

"我答应你。"

"嗯,他知道凶手是谁,至少他是这么说,可是他连我都不告诉,他觉得自己能找到凶手。"这个叛变的副手离开了,他回头瞥了奈杰尔几眼,目露凶光。

奈杰尔想着,也许小史蒂文斯并不知道什么,但任何蛛丝马迹,侦探都不能放过。于是他又去找小史蒂文斯了解情况。为了不出卖卧底的线人庞森比,他和小史蒂文斯说话特别注意策略,但庞森比告密的事情还是暴露了。小史蒂文斯不愿说自己这个"玩伴"(警长的说法)的坏话,即使是和他的朋友——了不起的侦探先生,他也不愿说坏话,只是就事论事谈了谈自己的看法。

"话说回来,"他说,"我怀疑是史密瑟斯那个蠢货干的,那天吃早饭的时候,威姆斯一直在辱骂他。当然,常常捉弄史密瑟斯的也不止威姆斯一个。但是,我在课间休息时听到史密瑟斯对着威姆斯说:'我要杀了你!'他看上去是个会使狠招的人。而且,他最近行为非常奇怪——我是指自从谋杀案发生以后。我想我应该早点告诉你的，不过虽然史密瑟斯是个讨厌鬼，但我太早下结论可能会有失公允。"

奈杰尔向他保证一定会保密，他暗自打算在课间休息时去和"讨厌鬼"史密瑟斯谈谈。第一节下课铃声响了，奈杰尔走进公共起居室，蒂弗顿坐在里面，面前放着一堆练习本，看起来已经在这儿休息了一个小时了。

"我没有打扰你吧。"奈杰尔说。

"没事，我随时都可以进行工作。嘿，警察真的怀疑是迈克尔干的吗？"

"恐怕是的，他的处境的确非常尴尬，正是因为他的那支铅笔，你知道的。"奈杰尔补充道。

"可我以为那早就不是问题了，他告诉我们说，那支铅笔是干草大战中弄丢的。"

"是啊，但警长认为他第二天又失而复得了，也就是谋杀案发生的那天。"

"嗯，我必须承认，那天早上我好像看到他在用这支笔。天哪，我希望我没有让他为难。不，不对，当时房间里只有格里芬和迈克尔两个人。"

奈杰尔狐疑地看了他一眼。

"我当时和警方提到，我看到他在干草大战的第二天曾经使用过那支笔。"蒂弗顿解释道。

奈杰尔和他闲聊了几句之后，就走到宿舍那一侧拨通了斯塔弗顿警察局的电话："请问阿姆斯特朗警长在吗……哦,好的,我在线等……早上好,阿姆斯特朗先生,我是斯特雷奇威。很抱歉打扰你,你能再跟我说说你在干草堆里找到的迈克尔的铅笔情况吗?只有他的指纹?你是在地上找到他的铅笔的,对吧?想必是他在干草大战中掉落的吧?嗯,为什么不是呢?嗯,是的,没有证据能证明不是在那里掉落的?就像你说的,这事儿挺棘手的。我想除了警察和他的朋友没人知道这件事吧?……顺便问一下,你今天会来学校吗?今天下午来?太好了。是的,我有事找你。喔,我忘了告诉你,我知道凶手是谁了。回见。"

奈杰尔挂断了电话,他听出电话那头的警长既愤怒又好奇。奈杰尔走进西姆斯的教室时,教室里显得异常有序,也许是校长上次来过的余威还有作用,又或许是奈杰尔对于惩罚学生的反对态度被小史蒂文斯和庞森比广而告之了。这两个小家伙坐在那里,相对于他们平时而言算是消停了不少。当奈杰尔进门时,他们顿时起立,直勾勾地看着他们的"同盟",不知情的人估计会感到奇怪。奈杰尔走到讲台前,随意地看了看桌上的书,西姆斯则不安地摆弄着书。奈杰尔轻声和西姆斯说了几句话,然后两个人来到教室外面开始谈话。

还好教室的门足够厚实,不然在教室外面谈话的两个人就会听到庞森比的小声议论:"看来,他要去抓老西姆斯了。"

小史蒂文斯则不这么认为:"你低下来点儿!他手铐也没有带在身上——不然他的口袋会鼓起来的。"

奈杰尔首先开口说:"很抱歉打扰到你上课了,但事情很紧急。

你或许也听说了，警方荒谬地认为迈克尔与那起谋杀案有关。我们必须尽快为他洗脱罪名，否则他们可能会逮捕迈克尔。不过，他的那支铅笔出现在现场的确是个麻烦事。"

西姆斯看起来很疑惑："他的铅笔？"

"是啊，你没听说吗？警察在干草堆里发现了迈克尔的笔。事实上，是他前一天不小心掉落在干草堆那里的，但他没有证据证明自己的清白。我想问问你有没有注意到，在案发那天早上他是否有用过那支笔呢？"

"应该是没有见到过，我不是太确定。但据我所知，我没看见他用过那支笔，不过恐怕我也帮不上什么忙。"

"嗯，已经帮了大忙了。谢谢。"奈杰尔又溜达到起居室，在那里看报纸。现在报纸上已经没有关于校园谋杀案的报道了，过去的两三天里，相关报道一直声称警方正在取得进展，并一度乐观表示警方即将把犯人捉拿归案。但之后报道又说，审讯延期了。还有个别媒体则聚焦于这个被害孩子的葬礼，字里行间充斥着恐怖和伤感的情绪，读来令人动容。媒体和舆论都没有去嘲讽效率低下的警察。

奈杰尔心想，阿姆斯特朗究竟能做些什么呢？警察的调查必须基于事实证据，这无可非议。但证据也有伪证，看似真实也可能并非真相。到目前为止，警方已经盘问了所有与此案有关的人，警长的智商足以应付普通的谋杀案。但这不是一起普通的谋杀案，这起案件缺乏定罪的证据。

课间休息的铃声响了，奈杰尔走到院子里打听史密瑟斯在哪里。

有人指着一群大喊大叫的男孩子，他们正在玩逗熊游戏，进攻者先从人群中冲向另一个人，猛捏一下他的脸颊，然后再回到人群中。那个被欺负的人就是史密瑟斯了。他的脸涨得通红，因为痛苦和屈辱而紧闭双眼。他慢慢地后退，想要避开那些折磨他的人，同时他的双手防卫一般地挥来挥去。他不敢真的打人，之前因为打架已经被重罚过了。可就算是他在退后，还是有人恶意地从后面踢他，又把他推到了"斗牛场"的中央。

奈杰尔挤进人群，发现小史蒂文斯和庞森比没有在这帮乌合之众当中。奈杰尔愤怒地发声制止了这帮欺负人的男孩子，这帮孩子都被吓住了，他们停下来局促不安地站着。奈杰尔狠狠地把他们教训了一番，把他们骂得体无完肤。其实老师们也这样制止过好几次他们欺负史密瑟斯的事了，但收效甚微。这些男孩知道，老师嘴上教育教育总是难免的，老师拿薪水就是干这种事的。但这次第三方的介入，尤其这个第三方还是一个神探，那就另当别论了，他们被震慑住了。从那以后，再也没人敢欺负史密瑟斯。

突如其来的解脱使男孩有点难以置信，他有些迷糊了，就像一只被困的动物还没弄明白谁是自己的救命恩人。随后他调整好情绪，开始接纳这个圣人般善良的侦探。那个人正在同自己说话，已经许多年没有人和自己那样好好交谈了。

奈杰尔很明智，他没有提及刚刚发生的场景和威姆斯的死亡。这个男孩不是凶手，但如果真要等他完全平静下来的话，至少要等几个小时。因此，他试着和史密瑟斯聊一些农庄上的事情。这对史密瑟斯来说很亲切，这些属于是他的老本行了，而奈杰尔的知识面也很宽，足以和史密瑟斯聊得有来有回。他们津津有味地聊了将近一刻钟，然后男孩突然反应过来什么似的，不再聊下去，只是疑惑地看着他。奈杰尔觉得，史密瑟斯应该是想表达他的感激之情，所以他很快地说："别放在心上，和我一起喝茶吧，今天或者明天？过一会儿我告诉你确切时间。当然，如果你有什么特别想说的，也可以随时告诉我。"

史密瑟斯刚张开嘴，上课铃声响了，他还没来得及向奈杰尔表示感激之情。史密瑟斯刚刚回到教室，奈杰尔就接到消息，阿姆斯特朗警长想在早餐室见他，奈杰尔无奈地笑了笑。阿姆斯特朗显然不会等闲视之，他还在反复回味电话里奈杰尔对他说的话。

"喂，先生，你说知道凶手是谁了是怎么回事？"警长咄咄逼人地问。

"就知道了呗，"奈杰尔有点不满，淡淡地说，"不过还没到公布的时候。"

"够了，斯特雷奇威。我的时间很宝贵，你不是在恶作剧吧？如果你掌握了关于凶手的证据，必须马上交给我。"

"我从没说过我有证据，我只是说我知道凶手是谁。我掌握的事实不比你多，而且我们之前约定过了，在抓到实锤之前，你我都不会把自己的想法强加在对方身上。"

"恐怕我不明白你的意思，先生。你说你知道凶手是谁，但你没有证据，对我而言这听起来很荒唐。"

"我指的证据是那种能使你信服或者能带上法庭的证据。"奈杰尔急忙补充道,"我没有目击证人,也没有找到签名的口供或类似的其他证据。我破案的线索是无形的。"

"哦,上帝啊,"警长哼了一声,"难道这就是他们所说的心灵感应,莫非你可以通灵?"

奈杰尔咧嘴一笑:"不,我已经和你的一个嫌疑人谈过了。顺便告诉你,迈克尔先生不是凶手。我会给你一些提示,你可以好好思考一下。"

接着,他把迈克尔对于案发当天的回忆和各种细节都说了一遍。当他讲述完后,阿姆斯特朗不耐烦地说:"说真的,先生,若不是久仰你的名声,我可能会说……"

"别说了!请勿人身攻击。"

"你不打算告诉我这个……"警长顿了一下说,"你通灵知道的凶手的名字吗?"

"不,时候未到。你走你的阳关道,我走我的独木桥,你要是能到苏格兰,那我们最终总会碰头的。"

"我和你在……"警长快要发飙了。

"现在不是互相指责的时候。说真的,再给我一天时间。明天下午,将有一场激动人心的板球比赛。到那时我会给你一些确切的信息,或者我把我的想法告诉你。"

阿姆斯特朗只好就此打住,但是他有些恼羞成怒。他想知道究竟奈杰尔从那些对话中揣摩出了什么他没有发现的线索?他继续顺着自己的思路推敲希罗和迈克尔、伦奇和罗莎这两对情侣在做口供时所说的内容，但依然没有新的发现。

星期二下午，迈克尔和奈杰尔在球场上散步，那里已经有一些孩子的父亲在打球了。迈克尔说："这样操作至少在珀西看来是稳妥的。毕竟，让生活继续的信念很重要，可以让这些英国中产阶级的生活又回到正轨。既要有背水一战的勇气，还要有完美的商业头脑。在这种情况下，尊重死者这件事似乎只是海报上的口号而已了。那些即将踏入这个赛场的家长们感觉到自己的生活又重回了正轨，就像经历了大罢工和世界大战之后，生活渐渐恢复原状。教师和家长，这两支队伍将完美诠释中产阶级顽强生活下去的能力，这种能力让我感到震撼。"迈克尔身上微微颤抖，每当他发表有争议的言论时就会如此。

"别太往心里去了。"奈杰尔漫不经心地说，"不可否认，大部分按照惯例进行的事情都有点虚伪，可一定程度的虚伪是必要的，是保证社会正常运行的润滑剂。很少人能真正了解自己想要的是什么，如果能了解的话固然不错，但探寻这个问题只对哲学家有一定的价值，对于大多数人的实际生活毫无用处。过于执着于终极追求，反而将一事无成。只有伟大的人才能一如既往不忘初心，而我们这些人则必须有外力的推动、人生信条的鼓舞，同时还得有权威的施压。在我看来，你们老师真正的职责在于，让孩子们遵循好的人生信条。"

"如果我真的就干这个，很快就会被学校开除了。比如我认为最好的信条是圣经中的那句'按需分配，各尽所能'。事实上，在我有时间去传道授业之前，我可能已经被关在监狱里了。那个该死的警长昨天又给我下套了。哦，他来了，有时候我真想干脆让他把我铐走得了，这事就了结了。"

阿姆斯特朗走上前来和他们打招呼，迈克尔冷漠回应，奈杰尔也表现得很不耐烦。

"等比赛结束后再说吧，"奈杰尔还未等警长提出诉求就先开口，"咱们别让工作把这难得的闲暇时光也祸害了，反正凶手插翅难逃。"说着，他意味深长地瞥了一眼门口，那里有几个便衣警察徜徉着，着实令人扫兴。他们绕着操场走了一两圈，男孩们坐在球场另一边的长凳上和草地上，在另外一侧，教学楼和操场之间放置着为嘉宾准备的折叠式躺椅，供人们喝茶的帐篷就在这些椅子后面。从教学大楼看过去，操场的右边就是看台，上面搭着顶棚。迈克尔可以看到比赛双方正在一决胜负，从欢乐的掌声中可以预想到是父亲队赢了。奈杰尔邀请警长和他坐在一张长凳上，他想看板球，不想被那些躁动且水平业余的母亲们所发出的自豪的喝彩分散注意力。

迈克尔匆匆走到场地的另一边，他宁愿与家长亲密交谈，也不愿与警长多说话。希罗也在那里，坐在校长旁边，迈克尔走近时，她忧伤又深情地看了他一眼。这时，有几位家长走到她的跟前，迈克尔也开始与家长们攀谈起来。接下来，裁判组出场了，格里芬大摇大摆地走出来，蒂弗顿看上去尤其干练和专业。

在他们后面出场的是一位身材瘦长、戴着眼镜的学生家长，还有苏德利的穿着剑桥蓝上衣的老师。在这个赛事中有一个不成文的传统，那就是领先的一队得分不能超过205分，并且要尽可能地快拿到这个分数。然而，似乎总有一两个家长对这个传统嗤之以鼻。因此，明智的队长就会酌情安排懂事的家长上场参赛，但现在的这个父亲队队长费尔韦瑟显然不太明智。迈克尔有点不安了，比赛进行几局之后，他的担忧加重了，父亲队已经夺得了 203 分。

孩子们三三两两地走进来喝茶，一个个显得闷闷不乐。茶歇后，他们不祥的预感进一步被证实了。格里芬担任裁判，但蒂弗顿的工作则被另一位家长代替了。在第二个球的时候，费尔韦瑟在内场接了一个很低很难接的球，任何一个思维正常的人都会任由这个球出界。作为另一名击球手，大史蒂文斯被这个不寻常的举动震惊了，并击出了一个刁钻的球。然后比分慢慢地升高，第四局拿了 124 分，第五局得分 125，第六局拿了 158 分，第七局 177 分，第八局得分 180，第九局 194 分。所有的父亲们都踮起了脚尖，他们胜券在握了。

观众们时刻处于极度的兴奋之中，每一个得分点都充满悬念，随后是热烈的掌声。"好样的！好样的！"每当有得分时，全场都会欢呼。即使是那些比赛时在边界线上嬉戏打闹试图绊倒对方的男孩们，也停下滑稽的动作，伴随着观众的掌声发出蝙蝠般的尖叫。通常这种时候，比赛也即将进入尾声，这在预备学校的比赛中，正常得不能再正常了。

第十一章

"我抓不到你……"

"希罗,你看着吧,结局一定很精彩!"坐在看台上的校长瓦尔先生激动地对妻子说。

"是的,太精彩了,可不是吗?"希罗在瓦尔旁边的座位上努力将身体前倾,想看得更清楚。又来了一个球,吉法德仍然招架不住。她眼看着球掠过守门员身边,被他人奋力从边界线上截了下来。安斯特拉瑟转过身,向前一跳,准备第三次跑垒。

"他豁出去了!"她惊呼道,这时她丈夫嘟囔了一声什么,但她无暇顾及。

希罗看着安斯特拉瑟跑到了本垒,激动地叫着:"啊哈,他成功了!"说着,她激动地转向瓦尔,顿时脸色大变:"你怎么了?醒醒,珀西!你不舒服吗?"她摇了摇他的身子,他一动不动,身体渐渐歪向一边,倒在地上。她看到他的身上被戳了一个小洞,一股血从他背上的外套渗出来。看着遍地的鲜血,希罗惨叫了一声,便昏倒了。

迈克尔听到了希罗的惨叫,心都碎了。他不顾一切地奔到希罗身边,让她躺在地上,然后把她的头靠在自己的膝盖上。周围的人纷纷围了过来,蒂弗顿和西姆斯俯下身去查看校长的情况,伦奇则脸色苍白,站在一旁。警长和奈杰尔分头驱散了场上的运动员们之后,便横穿操场飞奔过来。

"她昏倒了,快去给她拿点水来!"有人喊道。

迈克尔如梦初醒,马上跳起来朝教学楼跑去,恍惚间他听到警长怒斥他让他停下。然而,此刻他的心里只有希罗,没有任何人任何事能阻止他,除非前方是带电的栅栏。警长穿过人群,挤进去看了一眼尸体,大声地把门口的便衣警察召唤过来,吩咐他给马多克斯医生和斯塔弗顿警察局打电话。在他发号施令的时候,他的双眼都没有看着下属,而是警惕地在操场上来回扫视。

"刚才没有人进入教学楼吧,琼斯?"

"只有迈克尔先生,他说要给瓦尔太太拿水,所以我就让他过去了。"

"好吧。你走吧!斯特雷奇威先生,请您守在教学楼门口,防止有人进去,不管什么借口都不准进入。格里芬先生在吗?好,我要你站在通往树林的小路那头,如果有人想穿过树林或越过草地逃跑,就逮住他。"

阿姆斯特朗还挑了两个健壮的参赛家长在另外的点位上站岗。他现在要确保没有人能离开这个区域。他已经可以确定,自从瓦尔校长被杀后,除了迈克尔,没有人离开过这个区域。阿姆斯特朗随后转向众人,大声喊话试图维持秩序,但是人群依然在窃窃私语地议论着。

"我这就去把扩音器拿来,"伦奇说着,迅速往亭子走去。阿姆斯特朗刚举起手想阻止他,但又把手放下了,他一直盯着伦奇,直到他从亭子里拿着扩音器走来。这时,迈克尔端着一杯水回来了,他把希罗的衣服松开一些,然后扶起她的头,往她的额头上洒了点水,当她逐渐清醒过来后,便开始小心地喂她喝水。

阿姆斯特朗仔细地打量着迈克尔的一举一动。接着他举起扩音器大声喊道:"女士们、先生们,谁也不准离开赛场。如你们所见,瓦尔先生出了点意外,已经派人去请医生了。蒂弗顿先生在吗?请所有的男生都站到长椅那边,待着别动。还有参加比赛的先生们,请你们在场馆外面等一等。"他放下扩音器,对站在旁边的家长和老师说,"先生们,请把这些椅子搬走,女士们可以坐下,我们将在这里等一段时间,任何人都不能靠近瓦尔先生。"

便衣琼斯打电话回来了,汇报说医生和警方都已经出发了,即刻就到。阿姆斯特朗派他到门口去替斯特雷奇威的岗。斯特雷奇威被换过来后,警长便开始盘问刚才坐在校长附近的人。

"你们有谁看到当时发生什么了吗?事故发生时,你们谁离瓦尔先生最近？"西姆斯、伦奇和加兹比上前几步。西姆斯一直站在校长的右后方大约一码远的地方，伦奇和加兹比在校长的左后方。加兹比说，蒂弗顿在瓦尔太太昏倒大约半分钟前和他说了几句话，然后就走开了。坐在瓦尔先生和瓦尔太太两边的客人们也都表示，在事发前的一分钟内没有人走动过。这是自然的，当时比赛正是精彩的时候，所有观众的眼睛都紧紧地盯着赛场上的选手和球。

"那你呢，埃文斯先生？"阿姆斯特朗严肃地转向迈克尔问道。

迈克尔正忙活着把希罗的椅子扶正，然后把瘫软在地上的希罗抱起来，让她坐到椅子上。他旁若无人地抚摸着她的手，听到警长的问话，他茫然地抬起头，抬手指了指，说道："我吗？我当时就站在那儿。"

"好吧，先生，请你说得更具体一点。"

"我说了，就在那边，西姆斯旁边。"

"警长，正是如此。最后一场比赛结束时，他站在我身边。"西姆斯说。一下子成为周围目光的焦点，他脸上有种掩饰不住的激动。

"然后呢？"

"然后？哦，嗯，我没……没注意到什么……"西姆斯一激动，又开始结巴了。阿姆斯特朗示意那些旁观者后退一些，给他让出一条路，然后他走到瓦尔夫人身边。瓦尔夫人抬起头，惊慌失措地望着他。

"好了，夫人，对您的遭遇我感到十分痛心。但您也知道，我越早弄清楚事实，就能越快找到杀害您丈夫的凶手。"说到凶手这个词时，他稍稍提高了声音，目光敏锐地打量着四周。围观群众的表情僵硬脸色苍白，还处在呆若木鸡的状态中。听到警长说出"凶手"这个词时，人群里顿时一阵骚动，呆若木鸡的群众进入了更高一个层次的惊恐状态中。

希罗抿了抿她毫无血色的嘴唇说："我不知道究竟发生了什么。决赛刚开始时，他和我说了几句话，比赛赢了之后，我又转向他和他说话。当时，我还以为他睡着了，于是我就摇了摇他，可他从座位上摔了下来，我就看见……"她颤抖地说着，随即失声痛哭。

"您确定当时您没有听到或看到什么吗？很抱歉，瓦尔夫人，但我必须搞清楚这些。有没有一些不是那么重要的细节？"

"比赛正激烈的时候，我说'他豁出去了'之类的话，然后我丈夫嘟囔了一声什么，当时我全神贯注地看比赛，没在意听。现在想想，他那时已经……"希罗越说越激动，在场的人全都沉默地听着她说的每一字每一句。说罢希罗挺了挺身子，然后力竭般地倒在了站在身旁的迈克尔的怀里。他紧紧地搂着她，抚摸着她金色的头发。

阿姆斯特朗把扩音器举到嘴边喊道："如果有人在最后一场比赛开始时看到有任何不寻常的事情,请马上向我报告。"人群又骚动起来，人们开始交头接耳，但并没有人站出来。

"在我们来之前，有人碰过尸体吗？"奈杰尔向靠死者最近的几个人问道。

短暂的沉默之后，西姆斯主动交代："蒂弗顿和我把他……把他……翻过来确认一下……"他的声音渐渐变弱。

"谁最先碰到尸体？"

"蒂弗顿，我跟在他后面。"

警长突然插话:"那凶器呢？被你们拿走了？还不赶快交出来？"

"凶器？我们真的没碰过,真的,蒂弗顿和我什么都没有拿走。其实,我们根本就没看到有什么凶器。"西姆斯一脸困惑地回答。

警长不解地看了一眼奈杰尔,然后转向迈克尔说:"你能不能帮忙问一下瓦尔夫人,她在尸体倒地时有没有看到凶器？"

奈杰尔注意到,虽然阿姆斯特朗竭力表现得很绅士,但他其实一直竖着耳朵在偷听迈克尔和希罗之间的窃窃私语。

"她说她没有看到尸体身上有凶器。"迈克尔回答,然后他有些恼怒地说,"如果你没有什么要折腾她的了,就让她回屋里去吧,现在这样所有人都盯着她看,她会受不了的。"

"抱歉,在没有彻底搜查之前,任何人都不能离开操场,你可以先带她去那边的帐篷里。"

在上百双眼睛的注视下,迈克尔把希罗带到了帐篷里。然而,除了她绝望的眼泪,他什么也看不见,除了她呜咽的抽泣,他什么也听不见。帐篷内空空如也,茶具和茶叶早在半小时前就被清空了。希罗就像个孩子似的紧紧抱住迈克尔,把头埋在他的胸膛。越过她的肩膀,迈克尔看到帐篷外黑压压的人群,气氛压抑极了。他看不到的是,阿姆斯特朗正在帐篷外的角落里听壁脚,试图从他俩的对话里找到破案线索。

但阿姆斯特朗也站不了太久,时间不多了,马多克斯医生快来了,他那利落的脚步声渐行渐近。马多克斯到了,他向阿姆斯特朗点了点头,便俯下身去查看珀西·瓦尔的尸体情况。

"可以确定,他当场就死亡了。能帮我移动一下他吗?"

"可以。哪位先生能帮忙一起把他抬到帐篷后面去吗?"

珀西·瓦尔的尸体被抬起后又被放下。马多克斯医生俯下身仔细打量尸体。过了一两分钟,他站了起来,擦了擦膝盖上的灰尘。

"尸体的具体情况怎么样?"阿姆斯特朗急切地问。

"他是被刺死的,凶器是类似高跟鞋鞋跟那样尖锐的东西,凶器从他的左肩胛骨穿入身体直插心脏。我觉得凶器是从身体左边的位置刺进来的,验尸结果应该会证实我的观点。对了,他是当场暴毙的。"

奈杰尔瞥了警长一眼,他一下子就能猜到警长在想些什么了,毕竟希罗一直坐在她丈夫的左边。警长踱来踱去,仔细查看瓦尔刚才坐过的那把椅子,椅背上的帆布被戳了一个洞。

周围站着的一帮老师们正在窃窃私语。

"上帝啊!"加兹比说,"太不可思议了。在众目睽睽之下谋杀,天哪,这简直是不可能的事情。"

"嗯,不管怎么说,这确确实实发生了。"

"我猜凶手也不好过。"

"你这话什么意思?"西姆斯问。

"警察很快就会对我们搜身的,那时凶手就露馅了,因为那把血淋淋的凶器没机会转移走,八成还塞在他的内裤里呢。"伦奇阴阳怪气地分析道。

"说真的,伦奇,"加兹比抗议道,"现在不是阴阳怪气的时候。"

"现在也不是杀人的时候,这里也不是杀人的地方,"伦奇回答,"该死的,这太可恶了,竟然当着所有家长的面。"

没过多久,斯塔弗顿警察局的警察们也来了,包括皮尔森警官、几位巡警、一位女警,和他们同行的还有警察局局长,看起来有些六神无主。阿姆斯特朗径直走向局长,敬了个礼,快速汇报了一下情况。奈杰尔稍微走近了一些,他只听清了最后几句话,信息量足够大了。

"……搜查迈克尔的房间,先生。"

"您确定有必要这么做吗?我是说……"

"必须这样,先生,越快越好。"

"好吧,阿姆斯特朗。"

警长派几名警员去替换站岗的便衣琼斯,琼斯过来后,他小声地问道:"你刚才有没有看到埃文斯先生手上拿什么东西?"

"是的,先生,他端着一杯水。"

"别那么蠢好不好,我的意思是,他头一次离开案发现场的时候,手上有没有拿着什么?"

"对不起,先生,我什么也没看到。"

阿姆斯特朗把皮尔森警官和女警都叫来。他先吩咐女警:"你去搜查那个帐篷里所有的女人,从瓦尔夫人开始搜,她已经在那里了。搜身的时候,注意找一样东西,应该是一种很薄很尖的刀,还要注意谁身上有可疑的血迹,尤其是瓦尔夫人。"接着他转向皮尔森,"皮尔森,你的任务是搜查所有参加比赛的男孩和先生们,可能什么也搜不到,但这是流程,必须这么走。好了,现在把观众都带到看台,余下的人我来对付。"

阿姆斯特朗向人群走去，拿起扩音器指挥人群疏散。人群开始分成两股，女人们向帐篷走去，男人们走向看台。他们大多数被这场悲剧弄得晕头转向，没有提出抗议。不过，也有不少人原地不动，大吵大闹。警察局长在后面不安地咬着他的胡子，预感过不了几天警察局就会收到一大堆投诉信。而阿姆斯特朗此刻像一只大牧羊犬，对着人群"狂吠"着，把那些不听话的人围拢在一起，让他们各就各位。

一名警察驻守在案发现场，阿姆斯特朗开始了搜身。

"埃文斯先生，这边请。"迈克尔走了过去，奈杰尔也不请自来地和他一起进来，看上去有点不明就里。

"请您脱下衣服好吗，先生。"

迈克尔惊讶地挑起一侧眉毛，但还是服从了。警长仔细检查了他脱下的每一件衣服，没有发现任何可疑的地方。

"没有看到血迹吧！"奈杰尔在一旁礼貌地问道。阿姆斯特朗有点怒气冲冲地剜了他一眼，在房间里来回踱了几步。

"等一下，埃文斯先生。"迈克尔正要离开时，他说，"你去倒一杯水可花了不少时间吧？"

"我已经尽力加快速度了。"

"嗯。你从哪儿弄来的水？"

"从我的卧室取的。"

"就是说没有比这更近的地方有水了吗？"

"很多房间都有水，但是杯子不好找。"

"你为何不从厨房里拿一个杯子呢？岂不是更快？"

"我并不觉得那样会更快,因为我根本不知道杯子会放在哪儿。但我自己的杯子放在哪我很清楚,所以我第一反应肯定是回我的房间拿。"

"好吧,那就先到这里,不过,在我批准之前,请不要回到你们的房间里去。"

迈克尔不解地看着他,不明白他为何如此小题大做。迈克尔一出门,阿姆斯特朗就向警察示意,在接到命令之前都不要让迈克尔离开操场。接下来,阿姆斯特朗对其他人都进行了检查。搜查的主要对象是站在受害者附近的几位教师,目标则是那个尖尖的不知名的凶器,和一些可疑的血迹。

在警长忙活着搜查的时候,奈杰尔就这么直挺挺地原地站着。他想:胆敢在众目睽睽之下动手的凶手肯定不会那么蠢,何况校门口还有便衣警察把守着,校长一死现场马上会封闭,没有人能离开现场,所以凶手的凶器不可能藏在身上。奈杰尔暗暗叹了口气,就靠阿姆斯特朗这个搜查法,凶器是肯定找不到的,那个狡猾的凶手身上估计连一滴血都没有,更不要说血淋淋的凶器了。

奈杰尔是对的,经过漫长的搜查后,没有发现任何金属器具,也没有发现任何血迹。女警也搜查完女眷了,她过来告诉阿姆斯特朗,她什么也没发现。

"瓦尔夫人身上什么也没有?"他厉声问。女警摇了摇头。

"好吧,"阿姆斯特朗说,"我们不能再把她留在这儿了。请她到房间里去吧,吉尔雷小姐,但你要一直盯着她。"

皮尔森警官进来向阿姆斯特朗耳语了几声。

"什么？没有？"阿姆斯特朗眉头紧皱，"带上琼斯，去搜查埃文斯先生的房间。局长会给你搜查令的，我想他一定把东西藏在房间里了，应该有一块带血的手帕或其他东西，至于他的衣服，我猜他一定是用了什么办法把血迹弄掉了。"

奈杰尔扬起眉毛，但什么也没说，他正忙着思考：首先很确定，不是迈克尔和希罗干的，而案发后又只有迈克尔一个人离开过案发现场，那么也就是说，凶器肯定没有被带走。但大家都被搜过身了，什么也没有。凶器既没有被带走，也没有藏在谁的身上，那就只有一种可能，凶器还藏在操场的某个地方。

他走出了亭子，警长的搜查令已经下发，男孩子们也跟着格里芬一起走了。草场上的人们像送葬的队伍一样，默默地从球场上散去。老师们被告知还不能离开，他们聚集在蒂弗顿周围。校长没了，蒂弗顿成了大家的主心骨。在这所荒凉的学校里，已故的校长就躺在某处，他不再是一个学者，一个绅士，一个领导，只是一具有洞的身体。

没过多久，皮尔森警官就回来了。老师们的房间不大，没什么好搜的。他搜遍了迈克尔的房间，但什么也没找到。警长咬着嘴唇，但他还是没有放弃。他把队伍分成两组，派一半去搜查教学楼。

"皮尔森，先搜公共起居室，等你们搞定了，告诉我。我让这两位先生也进去，让他们搜查教学大楼。凶器不可能凭空消失。你们再去问问用人们，看看他们中有没有人看到什么，比如埃文斯先生进去的时候，手里或者身上有没有什么不该出现的东西，虽然他们估计也说不出什么有用的线索，但你快去问问吧！"

正当阿姆斯特朗在给自己的下属布置任务的时候，奈杰尔低声对他说："就只怀疑迈克尔吗？别忘了伦奇也曾离开过现场，他去拿扩音器来着。"

"我并没有忽略那一点，斯特雷奇威先生。能和我一起搜一下看台吗？"

接到指示的警察们开始搜索，以尸体倒下的位置为圆心向四周扩散，搜查工作精密到几乎连一根针也不放过。奈杰尔和警长也穿过球场，进入了看台。奈杰尔把寻找凶器的重任留给了警长，阿姆斯特朗是个工作缜密的人，虽然他已经先入为主有了偏见，但他不排除任何一种可能性。一刻钟后，那个地方就被翻了个底朝天，还是一无所获。

"我想凶手不可能先把凶器藏在这儿，然后在搜身后又将凶器悄悄拿走吧？"奈杰尔试探地说道。

"他做不到的，更衣室门口有我的人守着，他们都很警觉。"

"你考虑得很周到。"奈杰尔不无钦佩地说。

这时皮尔森警官走了过来："我们在公共起居室搜过了，先生，没有任何发现。"

阿姆斯特朗皱起了眉头："好吧，继续搜查教学楼，我马上过去帮你。"

皮尔森离开后，阿姆斯特朗走向老师们，说道："先生们，现在各位可以进去了。但恐怕我得请你们暂时待在公共起居室，因为这个房间我们已经搜查过了，教学楼其他地方还没有搜查完毕。"

老师们的脸色都不好看：蒂弗顿那张被太阳晒黑的脸在抽搐着；迈克尔独自站着，朝教学楼方向望去，仿佛随时关注希罗是否发出了呼救声；加兹比、西姆斯和伦奇凑在一起，断断续续地低声交谈着。

"你们搜……搜查了起居室？"西姆斯问。

"是的，先生。凶器一定被藏在什么地方了。但到目前为止我们什么也没发现。"

西姆斯舔了舔嘴唇，疑惑地盯着警长，口中喃喃地重复着："目前为止，没有发现……"

阿姆斯特朗觉得西姆斯似乎快要晕倒了，于是托了一下他的手肘说道："坚持住，先生。这场悲剧太令人震惊了。你进屋去吧，我给你送些威士忌来。也许你们哪位先生愿意……"

"加兹比的床底下肯定有一瓶酒，我去拿。"伦奇喃喃地说。

加兹比的脸色更难看了，他说："伦奇，你这家伙，除了耍小聪明，你还会别的吗？但凡是一个绅士，就会知道在某些场合应该如何举止得体。"

伦奇的脸涨得通红，愤怒地瞪着他。

"等你们结束骂战后，我们也许就可以进去了，"蒂弗顿说。尽管他尽可能地克制和镇定，但他的声音仍抑制不住地透着不安情绪。

"先生，如果你想喝点威士忌就去喝吧，我想这并不妨碍大家。"阿姆斯特朗平静地对加兹比说。

"我自己去拿。"

"碗柜里有一瓶。"加兹比说。

"早就空了。"伦奇说。

一小时后，奈杰尔和警长一起坐在学校餐厅，警长面前放着一杯很浓的威士忌，奈杰尔则照旧是喝茶。聊到案情时，他就拿着茶杯和茶托在房间里走来走去，他在哪站住，就把手中的茶杯和茶托放在哪。

"唉，这真把我难倒了，"阿姆斯特朗一边嘀咕着，一边拍着额头，"操场、帐篷、看台、通往教学楼的小路，还有教学大楼内部，我们已经把这查了个底朝天，连凶器的血腥味也没闻到，甚至连一把看上去像匕首的东西也没有。"

"我抓不到你，可是仍旧看见你，"奈杰尔口中念叨着，"大家却看不见你。"

"你在说啥呢？"

"取自一位吟游诗人作品中的一句诗。"

阿姆斯特朗握紧的拳头不停地敲打桌子："我快要疯了！一个男人被刺杀，他方圆一百码内的所有人和物件都被搜查了一遍，不可能有漏网之鱼。但是，好家伙，凶器居然消失了。"

奈杰尔快步走到房间的另一个角落，把茶杯放在一个坐垫的边上，放稳当之后，他说："你看过变戏法吗？就是那种把一柄长剑吞进喉咙里的戏法。看来这个凶手就会这一手，说不定现在凶手正在把消失的凶器从喉咙里弄出来呢！"

"扯淡！"

"那你给个更合理的解释？"

"用脚后跟也能猜出来，"警长一边说话，一边跺着脚，想要引起奈杰尔的注意,"肯定是瓦尔夫人,她在她的裙子里藏着一只高跟鞋,等大家盯着比赛的时候,就用鞋跟从背后捅了丈夫一刀。从她坐的地方是很容易下手的,凶器也是从左边刺入身体的,这一切都对应起来了。然后她推了瓦尔先生一下,接着假装晕倒。对,这肯定是事先和迈克尔说好的暗号。然后迈克尔就跑过去,抱了她一下,刚好可以拿走凶器,迈克尔把凶器藏在外套里,借口说去取水,然后借机把凶器藏在学校的某个地方。该死的,一定就是这样,只是我们还没找到藏匿凶器的地方,所以没有证据。"

"如果真是如你所说的那样,她或他的衣服上肯定可以找到血迹,这也是证据啊,但检查结果显示,他们身上一点血迹也没有。"

阿姆斯特朗若有所思地低下了头,说:"好吧,先生。我忘了告诉你了,刚才你同教师们进去以后,我仔细查看了帐篷旁边的地面,草地上有两处血迹,离瓦尔夫人晕倒的地方很近,你信不信,凶手搞不好就是站在那里擦掉凶器上的血的。"

"这倒是有可能,但你说是瓦尔夫人杀夫?那她何苦多此一举假装晕倒呢?本来所有人的注意力都在倒地的瓦尔先生身上,迈克尔也在她旁边,她完全可以神不知鬼不觉地把凶器递给迈克尔。但她尖叫一声晕倒了,一下子吸引了所有人的注意力,非要让所有人都盯着她传递凶器吗?这不合理。"

"你说的也有几分道理,可迈克尔和她是最有动机杀掉校长的人。"

"动机?按照你的逻辑,迈克尔干掉威姆斯就是为了防止他和瓦尔夫人的私情被她丈夫知道,在我看来,这本来就站不住脚。现在呢,尽管瓦尔夫人知道她和迈克尔已经是第一起凶杀案的犯罪嫌疑人了，她还是把她丈夫干掉了，目的何在？离婚吗？她的诉求就是和瓦尔先生离婚，难道不是吗？如果瓦尔先生坚决不同意离婚，那倒是有点可能被杀，但瓦尔夫人都没有和她丈夫提过离婚这件事。"

"你能拿出证据来吗？"

奈杰尔惊讶地说："证据？我没有。但如果他们决定和瓦尔先生摊牌的话，一定会提前告诉我的。"

"对不起，先生，我不能把这作为证据。星期日晚饭前，我碰巧经过客厅的门口，听见埃文斯先生问瓦尔太太，是不是只有瓦尔先生死了，她才能自由，要是到了法庭上，这可比他们摊牌不摊牌的更有说服力。"

"'碰巧经过'这个说法真有意思。"

阿姆斯特朗调整了一下坐姿，一板一眼地说："这不是什么板球比赛，这是一起谋杀案，总得有人干这些脏活。"

"所以这次你真的要逮捕他们了？"

"明天早上我们再去找凶器。一旦找到凶器，我马上逮捕他们。如果还是找不到凶器，我就让局长出面把他们传唤到警局。"

"好吧，你有你的一套逻辑。但仔细想下，就算是女人要用那个诡异的凶器杀人了，可又哪来的胆子偏偏选择在这样的场合动手？起码两百个人在场，人声鼎沸。毕竟他们是夫妻，瓦尔太太有的是机会不露痕迹地杀了丈夫。再说你坚信威姆斯也是他们干掉的对吧？威姆斯就是这样神不知鬼不觉地被干掉的，那第二次杀人也完全可以继续神不知鬼不觉。"

"凶器到底是怎么消失的，确实很伤脑筋。在我看来，这两起谋杀案有着惊人的相似之处。我有理由认为这两个人是故意把嫌疑引到自己身上的，第一回他们亲口承认他们干草堆约会；第二回在瓦尔先生被谋杀时，他们两个都在他附近。两次他们都在一起，肯定是为了一起作案然后销毁证据了。我告诉你，先生，他们这叫故弄玄虚、虚张声势，非常狡猾。你不会以为这两起谋杀案之间没有联系吧？"

"恰恰相反，我认为这两起谋杀之间简直是环环相扣。难道你没意识到这两起案件最大的共同点就是，凶手是故意把嫌疑引向迈克尔和瓦尔夫人的吗？"

阿姆斯特朗吃了一惊，手指不安地摸着衣服上的第一粒纽扣。

"其次，"奈杰尔继续说，"这两次凶手都选择在公开场合下手，难道你没看出来吗？"

阿姆斯特朗一脸疑惑地问道："我不明白你的意思。这次刺杀校长确实是在公开场合，可威姆斯的那次，我承认干草堆的位置相当显眼，但我还是不能理解，你怎么能说那起案件也是公开处刑？"

"不理解，你当然不理解。"奈杰尔不解地看着阿姆斯特朗说。

"先生，你在想什么？你心里已经有答案了对吗？你的新观点是什么？你之前和我说，今天下午会告诉我你的结论。"

"是的，我说过，但后来事情有变，瓦尔先生的死让局面更复杂了，真是太可恶了。"他自言自语地说道，"我本可以阻止这一切，我知道所有的事实，我本可以料到……哦，好吧，事态已经无可挽回了。

我还需要一天的时间来找到证据,证据总不会平白无故消失的。另外,一旦你准备逮捕他们的时候,请通知我一下。"

说完,奈杰尔疲惫地站了起来。他打开门的瞬间,突然转过身,回头说:"顺便说一句,阿姆斯特朗,我以二十比一的赔率打赌,你明天会在迈克尔的房间里找到那把凶器。"

"什……什么?"警长结结巴巴地说,但奈杰尔没作任何解释就离开了,留下了门关上时发出的咯吱声。

在门的另一边,奈杰尔自言自语:"真希望我知道凶器现在在哪儿。"

第十二章

震惊四座

接下来的这一天,对阿姆斯特朗警长和其他警员们来说异常兴奋。

这一天对于西姆斯老师来说也一样意义重大,甚至这一天是他单调的生活中唯一的胜利希望。

这一天也是奈杰尔·斯特雷奇威一生中最忙碌的一天,在接下来的十二个小时之内,凶手精心策划的一切,将如纸牌屋一样瞬间倒塌。

只有迈克尔和希罗,在这一天里度日如年。

夜里,迈克尔噩梦不断,不时惊醒。一直到清晨的阳光透过窗帘,他才稍稍松了口气,但模糊混乱的噩梦记忆如巨石一般,沉沉压在他的胸口。他意识到，距离在阳光照射下的干草堆中亲吻希罗的那美好一幕，已经过去一周；距离凶手把绳子勒在那个男孩的脖子上那一刻，也过去了一周。然而，让他抑郁的并不是这些。经过这一夜，他才后知后觉反应过来，警长那天搜查他房间的意图：他们一定是怀疑希罗杀害了她的丈夫，而凶器就藏在自己的房间里。希罗可爱而凄凉的面容，浮现在他的眼前，阴森恐怖的迷雾逐渐包裹了他。眼前只有一条崎岖的小径，除此之外他走投无路。他开始害怕，开始担心，他和希罗随时随地都可能坠入深渊，现在唯一的希望，就只能寄托在奈杰尔身上了。

希罗这一夜也是辗转反侧，她脸色苍白地躺在床上，根本无法合眼。无论她转向哪一侧，她眼前都会浮现出一具尸体，尸体的背后有一个小洞，灰色的外套上洇出一块血迹。是的，这意味着，她终于自由了，可以嫁给迈克尔了，只是她到现在仍然没有想到，在有些人眼中，她已经是杀害她丈夫的真凶了。

迈克尔下了床，对着镜子端详着自己的脸，看起来和一周前的模样并没有什么不同。没有苍白的脸色，没有黑眼圈，脸上也没有备受折磨的痛苦和疲惫感。在一丝莫名的失落中，他穿好衣服，打开门准备下楼。当他随手把门合上时，又一段残存的记忆从他的潜意识中浮现出来。昨天深夜不知何时，他似乎在一片混沌中听到了关门声，听起来是从很远的地方传来的。当然，声音不可能真的是从很远的地方传来的，否则他迷迷糊糊的状态也不可能听得到。转念一想，他当时半梦半醒欲生欲死，也可能是梦里听见的关门声也不一定。

快经过希罗的房间时,迈克尔掏出了纸和笔,把纸抵在墙上给希罗写了张条子。

亲爱的希罗,我爱你。无论发生什么,我都会永远爱你。只要你需要我,我会立即出现在你身边。希望你尽快振作起来。

迈克尔

他把纸条折起来,敲了敲希罗的门,把它塞到下面的门缝里,然后他下楼去吃早饭。同事们都在,奈杰尔也在。他看到奈杰尔的嘴唇在动,好像在说:"没事的,别担心。"

同事们对他的态度就复杂多了,敬畏、怜悯、尴尬……好像他是一具死于瘟疫的尸体。经过昨天的事,所有人都能看出他和希罗不同寻常的关系,既然如此,大家基本上都和警长想到一块儿去了。只有格里芬不一样,他的态度一如既往,迈克尔从他那里感受到了爱和忠诚。大家纷纷用不同的眼神和口气和迈克尔打了招呼,然后继续之前讨论的话题。

"不,这行不通,"蒂弗顿发言,"即使我们当中谁足够有钱能买下这学校,也买不到生源。哪个家长会把孩子送到一个发生过两起命案的学校呢?"

"是不是意味着我们从此要和面包黄油早餐说再见了,蒂弗顿?"加兹比说。

"那倒也不至于,只是目前我们还不能确定……"说到这里,他小心翼翼地压低了声音咽下话头，微微地向迈克尔的方向瞥了一眼，他的高情商让他知道迈克尔在场有些话不太好说。

加兹比却不管这些，他接过话头说道："不确定瓦尔太太有何打算是吗？她肯定是巴不得甩手不管这个烂摊子学校了。蒂弗顿，我建议你问问那些家长，问问他们，如果我们搬到其他地方的话，有多少人还会继续把孩子送到我们这儿，问问也无妨！"

西姆斯向蒂弗顿侧过身去，一脸担忧地说："我同意加兹比的看法，我是说，面前的情况确实让我们有些为难。就业形势很紧张，尤其是对年纪较大的男性来说，我相信同学们的父母是有同情心的人，毕竟发生这一切并不是我们的过错。"

"不是我们的过错，"伦奇说，"但的确是我们中的某个人的过错，除非你认为这些命案是校外人士所为。"

大家都僵住了，一片沉默，这种沉默只有在有人不合时宜地扯到一些敏感话题时才会出现。迈克尔察觉到了异样，他瞥了奈杰尔一眼，对方正静静地坐着，面色平静眼睛低垂，看起来听得很认真，而且认真得有些过分了，他简直像个新手正恭恭敬敬地听着前辈的训导。格里芬的发言打破了沉默："我完全赞同加兹比的意见，等事态平息之后，咱们另起炉灶。蒂弗顿，我觉得你肯定能行的。"

"是的，"伦奇的态度也很积极，"我们可以另建一所学校，废除所有不合理的条条框框，教孩子们用英语而不是拉丁语思考。"

伦奇说这些话不仅是对已故校长的委婉批评，还影射了整个苏德利堂学校。其实身为教师一般来说应该谦逊一些，尤其是他才来不到两年,所有同事都比他资深。这个学校毕竟是他们共事的地方,不管有多嫌弃,内部人之间可以批评发牢骚,但有外人在的时候还是需要保持团结一致。所以伦奇的话一出口,没有人应他的话。

西姆斯打破了沉默,开始打圆场:"不要气馁,同事们,我们可以做的事情很多,不是吗?"他一边说着一边眼里闪着光。一个不起眼的小人物突然开了官腔,所有人都有点意外又有点好笑地看着他。蒂弗顿用一种有鼓励成分又略带优越感的口吻说道:"好吧,说说你有什么建议?"

小个子的西姆斯涨红了脸,结结巴巴地论述起他将如何管理学校。令人意外的是,他居然说得挺好。迈克尔听着,暗暗嘀咕道:"这些想法真不错啊!"显然,西姆斯对这个问题有备而来。然而,遗憾的是,他的表达能力太差了,配不上他精心准备的建校设想。他突然意识到大家都在认真听他讲话之后,彻底卡壳了,脸红得更加厉害。而伦奇可能是觉得这个话头是他开的,现在风头居然被抢了,所以很生气。加兹比拍了拍西姆斯的背,热情地称赞:"干得好,老伙计。"周围的人则像看着一个神童一般的神情看着西姆斯。加兹比继续说,"他的脑袋瓜里有很多东西,老西姆斯,我看他能当校长。我早就说过了,西姆斯城府很深,深不可测……"

"上一回你说这句话时,指的是谋杀的能力。"伦奇酸溜溜地指出。大家又开始扯别的话题,早饭就在这无关紧要的闲谈中吃完了。用餐完毕后,奈杰尔把格里芬和迈克尔拉到一边。

"有件事我想弄清楚。格里芬,请你告诉我,裁判的任命是依据什么规则，我的意思是，裁判在比赛中途换人是常有的事吗？"

格里芬和他对视了好一会儿说："我想想啊……一般来说，我们都是抽签决定谁当裁判，昨天当然也是这样。"

"蒂弗顿什么时候提出让其他人接替他的呢？"

"他没有说，是我在喝茶时提议的。他的腿不太好使，他上过战场，你懂的，他没办法站太久。"

"瓦尔太太晕倒时，跑去楼内取水是你自己的主意吗，迈克尔？"

"是啊，我能怎么办？帐篷里所有的茶具都搬走了。"

"我是说，你当时没有听到别人说过什么话吗？"

"当时确实有人说了一句'给她拿点水来'。但当时那个情况我本来就会去拿水的。"

"谁说的那句话你注意到了吗？"

"这我真的不知道，当时没注意。"

问完话，奈杰尔走进公共起居室。蒂弗顿、伦奇和西姆斯都在。奈杰尔说："我想弄清楚在谋杀发生后，你们每个人的位置，具体都站在哪里。"

在场的几个人开始回忆，并且一一陈述了出来。

"当你前去俯身看看瓦尔先生的情况时，你发现瓦尔太太晕倒了，然后叫迈克尔去拿点水来，是这样吗？"奈杰尔看着他们三个问话，很难确认这个问题针对的是谁。

"拿水？我没说过。"蒂弗顿立刻说道。

"我想是你说的吧，西姆斯？"伦奇说。

"不是吧？当然，也有可能我真的说过了，但我不记得了。我的意思是，有人晕倒了拿水过来是很正常的事。当时那个情况，一切发生得太突然了，我真的不记得了。"西姆斯困惑地摇了摇头。

奈杰尔又问了几个问题，然后离开了。接着，他走进早餐室，把小史蒂文斯从一群大声讨论校长之死事件的男孩中带走，把他带到操场上。

"嘿，史蒂文斯，"他问道，"学校里有没有那种藏起来就没人找得着的隐秘地点？"

"先生，您想藏起来吗？"

"不，我指的是可以用来藏东西的地方，藏很小的东西。"

史蒂文斯想了会儿，说："嗯，先生，我想是有的，但其实也不是那么难找。我们玩这种找东西的游戏的时候，一般不会花费太多时间的，毕竟我们学校四周空荡荡的，秘密通道之类的地方也没有多少。"

"我也这么觉得。顺便问一下，你们这里有火警警报器吗？"

"当然，那东西动静可大了。就在一号宿舍楼外面，有一个巨大的铃。只要铃声响起，白天的话，每个人都得立即撤离教学楼，到操场集合；如果是在晚上响了，我们就必须在宿舍里排好队，等老师们进来，安排我们从应急滑梯里滑下去。我们黑点帮的入帮挑战也用过这个警报，我们让一个要入帮的家伙去拉火警响铃，结果惊动了校长，我们都被狠狠地罚了。珀西说任何人再随意拉响警报器的话，就马上开除他。他说火警警报器不能开玩笑，不然的话，真到有火灾的那一天，警报器响了，也没有人当回事，那就出大事了，我们全都会被烧死。"小史蒂文斯上气不接下气地背诵校长的教导。

"那太遗憾了,"奈杰尔缓缓地说,"你瞧,我本来想今天拉一下警报器呢。算了,只好作罢。"

小史蒂文斯一听,挤了挤眼睛说:"你想玩吗?我可以去拉的,先生。"

"真的吗?你真是太好了。我要在午饭前五分钟拉响警报器。但是,你会被抓住。"

小史蒂文斯疑惑地看着他,问道:"被抓住?先生,这是什么意思?"

"格里芬先生会抓住你,不过不用担心,这是剧情设定的一部分,我会帮你摆平。不过你在行动前不要透露给任何人,你必须发誓在格里芬先生抓住你之前保密。"

小史蒂文斯立刻发了毒誓,大概就是如果泄密黑点帮就立刻解散之类的,然后奈杰尔打发他去叫史密瑟斯过来。奈杰尔没指望从这孩子那里得到什么关键线索,但他想在发出最后一击前先把事情都弄清楚。他比以往任何时候都确信自己的推论是正确的,但他的推理还缺乏实质性的证据。凶器就是此案最关键的证据,但去哪里找?奈杰尔也不是一筹莫展,只是希望也不是很大。虽然凶器没有找到,也不影响他的推论,但这个消失的凶器实在让他有挫败感。凶手到底是如何处理掉凶器的呢?他一时无法想象。一直到史密瑟斯来了,奈杰尔才暂时放下这一团乱麻的推理。

迈克尔和格里芬从球场的另一边沿着小路朝教学楼走去,他们看到了奈杰尔和史密瑟斯,这两人一边说话,一边朝着他们的方向走来。史密瑟斯有点害羞地对着奈杰尔说着话,说话时下意识地扯着自己的衣袖。奈杰尔则一边听着,脚步渐渐放慢,然后突然停了下来,一动不动,那样子活像是面前突然出现了一条昂头吐信子的眼镜蛇。迈克尔已经走到距离奈杰尔很近的地方了,清楚地看到他的头向前一仰,面露喜色。他的表情既不是纯粹的惊讶,也不是单纯地满足,而是两者的混合。迈克尔加快步伐走过去,他确信奈杰尔一定又有了什么重大的发现了。而且,他又回想起昨夜他听到的声响,他决定问一问奈杰尔这事。当他走到两人身边时,听到奈杰尔说:"……告诉警长吧,没关系,我会向他解释的。"史密瑟斯点了点头,离开了。

"看来这是天使降临了,他带来了什么好消息?"迈克尔说。

"对,他简直就是天使下凡。我已经弄清楚威姆斯谋杀案的原委了,就是结果可能不是警长想的那种。而且最重要的是,他不会相信我其实早就猜到了凶手的身份……"

"天哪,你该不会说是史密瑟斯?"迈克尔瞎猜。

"哦,不,他当然不可能是。凶手比这可怜的孩子狡诈多了。好了,我得走了,顺便告诉警长让他过来一下。"

"请等一下,想和你说个事,也许不重要,但是昨晚发生了一些奇怪的事……"

没等他说完,奈杰尔便打断了他的话:"是不是你听到房间的门开了?"

"哦,是你来过吗?"

"不是我，我睡得很实。"

"那他妈的是谁？"

"答案很简单，我亲爱的华生，稍后我会解释给你听。对了，今天上午阿姆斯特朗可能会逮捕你和希罗，但别紧张，今晚之前我就能把你们弄出来。"

说完这一切，奈杰尔转身走向教学楼，留下迈克尔不知所措地待在原地。

"你的朋友看上去状态不错。"终于跟上来的格里芬说道。

"是的，他刚刚告诉我，我可能在午饭前被捕。"

格里芬吃惊得说不出话来。过了一会儿，他有些伤感地说："你想不想有人朝警察的下巴打上一拳？"

"还好，不过真有人去打的话，我会很感谢那个人……"

奈杰尔走到私人房间的那一侧，看到阿姆斯特朗在早餐室里，正得意扬扬地盯着摆在他面前桌子上的一件东西。奈杰尔走近前去一看，是一根很细的钢条，有一端被锉尖了。

"这玩意儿我之前没见过吧？"他问。

"没错，斯特雷奇威先生。"警长微笑着说，"这就是凶器，是在埃文斯先生的房间里找到的，放在挂画的栏杆上。皮尔森昨天居然没有找到，我骂了他一顿，他发誓昨天这玩意儿不在那里。我记得你说过，我会在迈克尔的房间里找到凶器的，你说对了。"

"很明显，凶手一直想嫁祸于迈克尔。昨晚，他把凶器从藏匿之处拿出来放在了迈克尔的房间。"

阿姆斯特朗的脸上出现了夸张的怀疑表情。

"迈克尔刚跟我说,他昨晚似乎听到开门的声音。"奈杰尔继续道。

"他这是欲盖弥彰!"

"警长,淡定点,你今天早上是不是忙活很久了,要不怎么说是早起的鸟儿有虫吃呢。"

"好吧,先生,不要再扯东扯西了。我很抱歉,接下来我要做的事一定会让你不好受。"他拍了拍侧口袋,"这是逮捕令,我现在要立刻将他们逮捕,这个案子该了结了。"

"随你的便。"

警长刚从椅子上探起半个身体,又很快坐回到椅子上,摊手问道:"你这是什么套路,斯特雷奇威?我正准备以谋杀罪逮捕你的一个朋友,而你非但不紧张,还嬉皮笑脸的。我猜你肯定有什么关键的线索了,请你尽管说出来吧!"

"我会说的,但我要叫史密瑟斯过来,他是这里的一个学生,你得先保证不去嘲笑他才行。他一直在隐瞒有价值的信息,但他不是有意这么做的,千万不要责怪他,一旦你对他大吼大叫,他可能就不说了,他很敏感,虽然看起来他很糙。"

阿姆斯特朗装出一副无辜的样子:"嘿,你知道我从来不吓唬证人的。"

奈杰尔抬眼望了望天,然后走了出去,把史密瑟斯一起带回来。那个男孩身体僵硬地坐在一张直背椅子上,有些担忧地望着警长。

"别担心,"奈杰尔说,"他不会把你吃了的,他是个好人。"阿姆斯特朗闻言摸了摸衣领内侧,尽量友善地笑了一下。

"好了,"奈杰尔接着说,"警长想知道你刚才对我说了些什么,从你上楼的地方开始说吧。"

"嗯,是这样的,先生,在比赛开始之前,我去找伦奇先生,可他不在他的房间里,所以我等了一两分钟。"

"然后呢?"奈杰尔鼓励他说下去。

"我向窗外望去,从那里可以看到干草堆。我看见威姆斯在干草堆里。"他犹犹豫豫地说。

"嗯,那又如何?我们都知道他当时在干草堆里,他在那里被杀了。"阿姆斯特朗有点不耐烦地说。

"哦,不……不,"男孩结结巴巴地说,"我是说他当时……还活着,而且他在向我招手。"

"他什么?"警长大叫一声,从椅子上跳了起来。

史密瑟斯咬着嘴唇,快要哭出来了。

"别紧张,我的朋友,"奈杰尔说,"阿姆斯特朗先生只是有点惊讶,仅此而已。"

"你刚才说他向你招手了?"警长问,听得出来他竭力控制着自己的情绪。

"是的,先生,我想他听到了我开窗的声音或者是别的什么声音。他靠在干草堆的边上坐着,并且向我挥挥手。"

"上午的课结束后,威姆斯就暗示史密瑟斯,说他即将接受黑点帮的考验——顺便说一句,这是违反帮规的。但是威姆斯想在史密瑟斯面前吹嘘一番，因为史密瑟斯不相信黑点帮竟然愿意要威姆斯这种人。威姆斯为了炫耀，还是忍不住透露给了史密瑟斯，当然他没忘记嘱咐史密瑟斯别说出去，这是一个绝对机密，泄密会掉脑袋的。这也就是为什么，当你问有没有男孩知道威姆斯放学后在做什么时，史密瑟斯一言不发的原因。"奈杰尔在旁边解释道。

"那你是什么时候离开伦奇先生的房间的？"警长带着一种不祥的预感平静地问道。

"先生，就在那之后我就离开了，我刚好赶上了第一场比赛。"

听到这个回答，阿姆斯特朗大为震惊，整个人似乎要爆炸的感觉。奈杰尔点了点头让男孩回教室了。阿姆斯特朗握紧着拳头，慢慢地拍打着桌子，有点懊恼和难以置信地说："这就是说，威姆斯是两点半以后才被杀的。"

"正是如此。"

"上帝啊！现在我们得从头把事情梳理一遍。先生，你之前就已经料到了吗？"阿姆斯特朗怀疑地说。

"是啊，信不信由你，我早就认定威姆斯被杀的时间晚于你的推测，可是直到今天早上我才找到证据。"

"那么，你再说说你的推理，他是什么时候、被谁杀死的呢？"

奈杰尔埋下了头，沉吟着说："现在我不能告诉你，我还需要一样东西来佐证我的观点。如果我找不到这个东西，那么我就和你一样了，你对迈克尔和瓦尔太太的指控也没有实物证据。如果没有实物证据就能指控犯罪嫌疑人的话，我还可以指出其他人的嫌疑，比如比赛的发令枪响起，伦奇跑向操场的时候，他可能中途去了干草堆。除了格里芬之外，家校球赛那天，几个老师都站在瓦尔先生旁边，都有机会谋杀他。如果这么查下去，多少个早上也不够忙活的。"

警长反驳："你在教我做事？就算威姆斯的案子没有证据，可第二场命案毫无疑问还是瓦尔太太和迈克尔做的。"他固执地说，"反过来推，既然校长是他们杀的，那么威姆斯当然很有可能也是他们杀的，只是不一定一起作案罢了。"

"所以你还是要逮捕他们，是吗？"

"啊，那是另一回事。"

奈杰尔友好地朝阿姆斯特朗眨了眨眼睛："你知道，我希望你逮捕他们。实不相瞒，我之前和迈克尔打赌来着，我说你会逮捕他俩。"

阿姆斯特朗听得目瞪口呆。

"这么说吧，"奈杰尔解释，"这就是凶手的目的，让他俩作为杀人凶手被逮捕。他们两个的事现在大家都知道了，而且大多数人也和你有一样的怀疑，气氛都烘托到这儿了，如果你还不逮捕他俩，真正的凶手就会起疑心，以为你掌握了真凶的证据，到时候我担心真凶会亲自动手把他俩干掉。"

阿姆斯特朗虽然还在嘴硬，但说话显然开始犹豫："那只是你的推理，先生。"

"快逮捕他们吧，反正也不会怎样，我可不希望这两天再有人遇害了。"奈杰尔克制地说，但神情有种抑制不住的激动，"难道你还不明白？你逮捕了他俩，真凶就会放松警惕。只有真凶觉得自己安全了，这时候你再去审问他时，他才可能露出马脚。"

阿姆斯特朗费力地从椅子上站起来，说道："很好，先生，就像你说的，逮捕他们也没什么坏处。"

"另外，关于那把凶器，你怎么看？"奈杰尔问道。

"很奇怪，先生，这只是一件普通的木工工具，它的末端被锉得尖尖的，上面没有留下任何手印或血迹，显然已经擦干净了。皮尔森警官正在四处询问调查木工店是否有工具遗失。怎么，关于这个凶器，你有什么想法吗？"阿姆斯特朗狡黠地看了奈杰尔一眼。

"嗯，我没有什么想法。啊，对了，为什么把手被卸掉？"

"你问得很到位，先生，我可以告诉你原因，把手被卸掉是为了方便藏匿。我已经试过一个相同大小的有把手的此类工具，放在栏杆那里显眼极了，因为把手很大。先生，你想想，如果凶手真的像你说的，是故意放在迈克尔房间嫁祸于他的话，他为什么不留着把手呢，这样才容易被我们发现啊！可没有把手的情况下，你知道吗，放在栏杆那里真的很不起眼的。"

"你再想想吧，留着把手的话，容易被你们发现，也很容易被迈克尔发现啊！那是他的房间，他随时可能到房间去，一旦他看到自己房间里有一个奇怪的东西，他早就处理掉了。而现在的情况是，凶手很确定你们会反复搜查迈克尔的房间，卸掉把手放在那才是合理的。"

"嗯，你的分析很到位，斯特雷奇威先生。不管有没有把手，我得继续工作了，回见。"

阿姆斯特朗离开房间后，奈杰尔开始自言自语："把手，为什么把手卸掉了？是的，不容易被迈克尔发现，但肯定还有别的原因……"

他出门找到了格里芬，跟他说了和小史蒂文斯说好的拉警报的事。

"现在，第一步，我要所有的人都离开学校，无论是学生还是老师，有必要的话，请你亲自在公共起居室渲染恐慌气氛；其次，当每个人都在外面待了五分钟左右的时候，你要抓住小史蒂文斯——他会试图偷偷溜出去，不被人注意到——并且你要在这个恶作剧上大做文章，让他在所有老师面前公开认错。"

"我懂你的意思。"

"好兄弟，我希望这五分钟能让我解开谜团。"

不过，当时间来到了 12 点 50 分时，和警长坐在一起的奈杰尔紧张极了，就像一个新手编剧看他的第一部戏剧初次搬上舞台一般。对他而言，推理是一码事，而两眼一抹黑地凭借着推理来锁定事实证据则是另一码事。他不安地挪动了一下身子，看了看表，阿姆斯特朗的话飘了过来。

"……你像个热锅上的蚂蚁，我想你根本没在听，斯特雷奇威先生。凶手是赴约迟到了，还是怎么了？"

"什么？哦，是啊，我一直在听着呢。"说着，奈杰尔开始无意识地背诗，"'钟声敲醒了我／邓肯你听见了没有／那是召唤你上天堂或下地狱的丧钟'……或者我上天堂，你下地狱……"

阿姆斯特朗没有理会奈杰尔的诗，自顾自地说："进一步推断，当时他们都在看体育比赛。当然，不能保证对方每时每刻都在。你可以称之为完美的不在场证明或者根本没有不在场证明。最关键的是，既然周围有那么多人,谁还会去杀人?"

"躲在干草堆里就不会被看见。"

"但是跑去干草堆的路上肯定会被人看见,不是吗?而且还得从干草堆回去,唯一可能不被发现的时间就是下午茶那一段时间。我和莫德谈过了,虽然他算不上什么目击证人,但他说他在清理球场的时候似乎并没有看到格里芬。我知道死者被杀的时间不会晚于下午4点,但马多克斯医生刚在电话里告诉我,如果是突然死亡通常会延迟尸僵的时间。现在假设威姆斯……"

阿姆斯特朗的长篇大论被突如其来的震耳欲聋的火警铃声打断了。小史蒂文斯为自己的创举感到非常得意。巨大的火警铃声炸响之后,仿佛整个伦敦城都着火了,一声连一声震耳欲聋。阿姆斯特朗愣了一下,然后意味深长地向奈杰尔眨了眨眼睛:"我猜这就是你刚刚说的丧钟声,对吗先生?"

"正是,是时候去散播一下恐慌的情绪了,可以吗?我想自己在楼里待几分钟。"

奈杰尔走到教学楼大门后窥探,只见人群都沸腾了,男孩们从两个主要出口急匆匆地跑了出去;厨房和饭厅里传来一阵叮叮哐哐的声音和几声女性的半压抑的尖叫;教师们开始从公共起居室里出来,加兹比努力保持镇定,在他身旁的西姆斯一路碎步疾跑,蒂弗顿镇定地走到一扇门前,斥责了四个一起挤着要出门的男孩,最后是格里芬和伦奇,格里芬紧紧抓住对方的胳膊肘,奈杰尔听到伦奇说:"……妙极了,究竟是谁在今天安排消防演习?"

"可能是哪个混蛋放火烧了晚餐。走吧,我们应该到外面去。"

渐渐的,随着人流都疏散到了户外,教学楼的喧闹声渐渐平息。奈杰尔听到蒂弗顿在操场上点名之后,他便冲进起居室,走到一个储物柜前,在里面翻了翻,抽出什么东西,研究了半分钟。然后他趁没人注意,从教学楼的另一边跑到球场上。一系列操作非常丝滑,比他想象中容易得多。

"那是什么声音?"来到球场后,他对老师们说,"听起来好像世界末日到了。"

"有个混蛋按了火警铃,格里芬去调查了。点名的时候小史蒂文斯没签到,我估计就是他干的好事。"蒂弗顿说。

"什么时候了,还搞恶作剧!"伦奇抱怨道,"看啊,他来了。"

格里芬跑过去揪着小史蒂文斯的耳朵,连拖带拽地回来了。蒂弗顿向前几步问道:"是你按的警报吗?"他的声音像一记鞭子啪地抽在男孩身上。

小史蒂文斯扭了扭身子,向奈杰尔投去怀疑的一瞥,奈杰尔装作没看见。

"你连扯个谎都懒得去扯吗?太嚣张了,罔顾校规!"蒂弗顿气得脸色发白,而小史蒂文斯则依旧一言不发,蒂弗顿继续训斥道,"干这种事真是无耻!进去吧,吃完午饭我来收拾你。"

学校师生又回到了原位。奈杰尔和阿姆斯特朗在后面待了一会儿。

"那么,你现在满意了吧,先生?"

"嗯,了解,了解。"奈杰尔看上去很是心不在焉,神情忧郁,他用手指摸了摸他口袋里的东西,那是刚刚在起居室的储物柜里找到的:"今天下午你有什么打算,阿姆斯特朗?"

"继续盯着,事情总会水落石出,紧抓不放,谜团就会解开的。你懂的,先生。"

"紧抓不放,像衣夹夹衣服那样紧吗?衣夹、威士忌酒瓶塞、帐篷钉①……"他眼神里的光就像荒地燃烧的火一般燃了起来。

"啊!哦,我的天哪!我们怎么没想到呢!帐篷钉!赶紧来!"他把警长拉去瓦尔尸体倒下的地方。

---

① 原文中这几样东西都是"pegs",既有衣夹的意思,也有瓶塞、帐篷钉的意思。

第十三章

"给我一点光吧"

出事后第二天大帐篷就被搬走了,但奈杰尔的兴趣点显然不在大帐篷上。他跪在尸体倒下的地方,警长在一旁饶有兴趣地看着他,就像一只看着幼崽做滑稽动作的大熊。奈杰尔把一根长棍子插进地上的一个洞里,然后向前走了一两码,又用棍子戳了戳,最后他站了起来,朝警长招手:"看看这上面的小孔。"

阿姆斯特朗弯下腰,朝第二个洞口里看了看,困惑地摇了摇头,接着他走到第一个洞口处,又仔细看了看,瞬间僵住了:"天啊,斯特雷奇威先生,你说得对!这个洞要深得多。这是……唉,我他妈的……"警长激动得开始骂脏话了。

"我不确定事实是否比看起来更糟糕，"奈杰尔试图用安慰的口吻说，"这个深洞完全可以容纳凶器了。这个凶手极其狡猾，但比起他的狡猾，他的胆大更是无与伦比。把这么重要的线索放在我们的鼻子底下，做出这个抉择需要脑子，去执行这件事需要足够的勇气，是绝望之下萌生的勇气，"他已经有点像是自言自语了，"不，不完全是'绝望'，应该说是……"

阿姆斯特朗打断了他的话，愤愤不平地说："得到这个关键的线索非常棒，先生。想想我们忙着搜查角角落落的时候，那把该死的凶器竟然一直插在地里，这个事不能就这么算了，我真恨不得立刻把这家伙绞死。"

"数量很关键，如果只有一根帐篷钉在这，那肯定会引起我们的注意，可是，数十个帐篷钉安安稳稳插在那里，就没有人会多想了。"

"那么问题来了，凶器插在这里，凶手是用什么手法杀人的呢，斯特雷奇威先生？"

"我想凶手应该是找到一根普通的帐篷钉，锯掉了一段，再把那个尖锐的凶器安上去。接着，他等着机会来了，把帐篷搭好后埋在地里的一根钉子替换成了这个改装过的杀人帐篷钉。学校安排的座位基本是固定的，尤其是校长的位子，因此他知道瓦尔先生到时候会坐在哪儿。他选择了离瓦尔先生最近的那个帐篷钉；也有可能，是在座位安排好之后才着手安排这一切。座位的事，你可以问蒂弗顿，他负责安排座位。"

"是的，天哪，"阿姆斯特朗赶紧插话，"只要他低调地站在瓦尔先生身边，等到比赛的关键时刻，把帐篷钉从地上拔出来刺向他，然后放回去。你可能会说，这听起来很简单，是很机械的操作。可你想想，如果换作你或者我，有胆量这么行事吗？我的意思是，即使在比赛最关键的时刻，也不能保证每个人都一心一意地看比赛而不东张西望吧。"

"你，我，或者大多数人，当然不会这么干，我们是普通人。而杀人犯则不普通，可以说他们都是不正常的人，要么是一时冲动冲昏了头脑，要么是慢慢地使自己进入了一种非正常的精神状态。在这种情况下，凶手会不由自主地利用这个场合，而且自己事先已经为此做了一系列准备。你想，如果没有合适的时机让他动手，他就会把凶器一直掩埋在地下，等到有合适的时机拿来使用。这是谋杀和……"他突然打住了话头，显然此时警长在寻思另一个问题。

"那么关于座位的事又作何解释呢？凶手并不能确认瓦尔先生是否离那个特殊的帐篷钉足够近，而且凶手也不像是那种喜欢碰运气的人。你之前说是蒂弗顿先生安排座位的？"他停顿了一会儿，接着说，"在茶歇的时候，蒂弗顿提出需要人替他当裁判，并且他是第一个弯腰去看尸体的人，嗯。"

奈杰尔若有所思地打量着警长："确切地说，蒂弗顿和西姆斯是最早去看尸体的人，顺便问一下，你那把凶器的来源查清楚了吗？"

"它是从学校工具房那里来的，加兹比说，至少有一个一模一样的玩意儿不见了。他是工具房的管理人，他说所有老师都有权随意使用里面的东西。"

"那你对于迈克尔和瓦尔太太的情况作何分析呢?"

"嗯,从瓦尔太太坐着的地方很容易够到帐篷钉,迈克尔也一样。当然,他们也有机会下手。但倘若是他们干的,为什么把凶器放在房间让我们找到?这个案子的麻烦在于动机不明。迈克尔和瓦尔夫人对第二起命案有比较明确的动机,对第一起命案也有作案的可能。如果是伦奇干的,那么他杀害威姆斯的动机有可能是因为那男孩发现了他和罗莎的私情,可他为什么要杀瓦尔先生呢?"

"可能和他的职业生涯有关。瓦尔可能也发现了他和那个女孩的关系,如果这件事公之于众,那么任何一所学校都不会录用他。"

"你可能是对的,先生,我必须再去找罗莎。还有西姆斯,威姆斯可是把他欺负得够呛。但是,他为什么要干掉瓦尔先生呢?"

"前几天他和校长大吵了一架。"奈杰尔给出了细节。

"有这样的事?不好意思,我还以为我们会共享所有信息。"阿姆斯特朗有些委屈地说。

"我没有欺骗你什么。在瓦尔被杀之前,这个细节没有任何意义,它与威姆斯的案子无关。"

"你说得没错,但它可能有助于阻止第二起命案的发生。关键还是在于动机,这么分析的话,好像谁都有动机了。被上司骂很正常,也没听说天天有上司被杀啊。如果是蒂弗顿的话,他的杀人动机是什么呢?"

奈杰尔大概讲了一下案发后教师们的谈话,然后说:"所以,你想,这个凶手也许是得到老师和家长们的好感的，换句话说，如果瓦尔不在了，而学校又必须继续运转下去，那么他很可能是校长的人选。"

"杀瓦尔的动机成立了，那威姆斯呢？据我们所知，他并没有杀害威姆斯的理由。拿格里芬来说，他看起来更有可能是第一起谋杀案的凶手，但找不到他的动机；第二起案件也不可能是他干的。而这两起谋杀案又很明显是同一个人干的。"阿姆斯特朗怀疑地用手指摸着下巴。

"很显然是这样。那么会是加兹比吗？"

阿姆斯特朗哼了一声："那个酒鬼！他可没那胆，而且他究竟有什么动机呢？"

奈杰尔低头看脚下，警长焦急地在旁边踱步："你让我在这儿喋喋不休有什么用？你不是早知道凶手是谁了吗？你这么遮遮掩掩的，人家还以为你想帮凶手掩盖罪行呢。"

"抱歉，但整个过程也非常艰难，我很确信我的判断，但我没有事实证据。任何时候都有可能出现新的证据来推翻我之前的推理。"

"哦，是吗？那还说个屁！"

奈杰尔当作没听见，继续说："其实也不能说我没有证据，我手上已经有了证据，但我还没有时间……呃……仔细地检验它。今天下午两点半，我计划情景再现第一起犯罪现场，到时候我想罪犯就无法遁形了。我们不需要学生，只需要老师们在场就可以。我现在要去用餐，我会在午餐的时候通知他们的。"

"要把埃文斯先生叫来吗？"

"不，不需要他在场。事实上，他最好别来。"

"好吧，先生，我2点15分前回来。我得先去找学校帐篷的供应商，或许也没多大用处。凶手很可能昨晚出来把帐篷钉替换掉了，我估计他应该没有留下指纹。我得做点什么，我总不能在你解决问题的时候傻站着。"说完，警长抬了抬头上的帽子便走开了。

奈杰尔慢慢地走到他的房间，拿出他在起居室里找到的那个东西，开始对它进行彻底检查。然后他把它塞到床垫下，现在可不能贸然行事。如果这个东西的主人觉察到了什么，那就大事不好了，奈杰尔感觉自己进退两难。他真想把它拿给警长看，但他又担心他给警长提供了证据，到最后案子成了警长破的了。

喜欢用最引人注目的方式来破案，这是奈杰尔的坚持，他觉得通过高调的方式收尾是一系列磨人调查过程的最佳回报。不过这一次，他必须放弃他的部分执念。如果此时有人出现在他的卧室里观察他，那么这个人将会从奈杰尔的脸上读到怜悯、后悔、犹豫、沉思、决心一系列情绪的变化，丝毫不像一个即将破案的侦探该有的样子。过了一会儿，他看了看表，急急忙忙下楼去了。他在学校里找了一会儿，找到了一件和起居室里拿走的那件东西很像的东西，他小心翼翼地把它放回了另一件东西的原处。一切安排妥当之后，他等着老师们吃完午饭回来。

当老师们进门时，明显能看出午餐期间大家对小史蒂文斯的胡作非为进行了一番议论。"就该给他点颜色瞧瞧，"加兹比说，"而不是苦口婆心教育他，那根本行不通。但我不想再管了，随他去吧，蒂弗顿。"

"这地方再也经不起丑闻的闹腾了。"伦奇说。

格里芬心烦意乱地转向奈杰尔,他显然不知道自己该说什么:"听我说,斯特雷奇威,这事和你没有什么利益关系。蒂弗顿说,小史蒂文斯应该为他启动假火警的行为被开除。这种事以前发生过一次,瓦尔说过的,如果再发生,这个学生就要开除。"

"如果真这么做就显得有些小题大做了,尤其是当下,我的意思是说,和凶杀案比起来,这一切都不算什么。"西姆斯结结巴巴地说。

"话是没错,"蒂弗顿尖刻地说,"但我们的工作是管理这所学校,维护纪律,我们不能因为发生了一起谋杀案就让破坏纪律者逍遥法外。"

"我的意思是说,如果单凭这个就开除学生有些轻率了,这样的话,起码有一半的学生都得开除。"伦奇恼火地说。

"就像把老鼠从正在沉没的船上扔出去一样。"格里芬笑着说。

奈杰尔不动声色地埋头思索着其中所透露出来的人性的微妙之处。这群普通的成年人,正严肃地声讨着一个行为不端的男孩,就在距离他们几米远的地方,曾经躺着这个男孩同学的尸体。当然,对待调皮的孩子,教师通常都会这样反应。从这些老师们对小史蒂文斯所作所为的严肃程度,可以估计出每个人对这起谋杀的反应有多强烈。蒂弗顿显然最难受,然后是伦奇,玩世不恭和轻率是他抵御内心波澜的方式。这时,奈杰尔意识到加兹比在跟他说话,他总是先抛出一个问题,然后挑某个人来回答,这是加兹比最不讨喜的地方。

奈杰尔说:"好吧,或许我没有资格发表意见,不过我想等到今天晚上可能就会水落石出了。是这样，我想在两点半的时候，再现犯罪现场——第一起谋杀案的犯罪现场。"

气氛骤然紧张起来，仿佛他们一直试图驱除的魔鬼又在附近出没了。加兹比第一个发言："再现犯罪现场？你的意思是说案子还没查明白？"

"别傻了，"格里芬说，"你不会真以为是迈克尔和瓦尔太太干的吧？"

加兹比昂着头，愤怒道："我从没这么说过。但是，该死的，肯定有人说过这样的话，而且他们已经被捕了。"

"他们被捕只是个幌子，好吗？"蒂弗顿慢悠悠地说，他绷着棕色的脸，面无表情。

"也不完全如此，"奈杰尔含糊其词地说，"对于他俩警方有充分的证据，只要警方愿意就随时可以采取行动，可能阿姆斯特朗还在纠结着，不过我已经可以想象警察局长不耐烦的样子了。"

格里芬笑道："在我看来，强迫阿姆斯特朗做违背他意愿的事情，就像让兰开夏郡的开场击球手得分一样容易。"

伦奇向前探了探身子问："案发现场怎么个再现法？"

"我希望你们所有人——每一个人——重复你们在案发当日比赛开始时的所有行动。"

"这里面有什么门道呢？"

"也没什么特别的，"奈杰尔温和地说，"我只是想弄清楚每个人的位置，这样可能会帮助我发现一些推理逻辑上的漏洞。"

"是不是需要哈姆雷特式的舞台特效,然后凶手登场的时候给他打个追光灯?"伦奇冷笑道,"你是个侦探,又不是舞台剧导演,这种做法简直搞笑。"

"那么,学生们也要参加这个情景再现的活动吗?"西姆斯问。

"那倒不必。"

"明白了,"蒂弗顿说道,"你怀疑凶手就在这个房间里,就在我们这几个人之中。"

奈杰尔盯着他看了一会儿,说:"只是个缺乏证据的推断。我希望通过情景再现来发现凶手的犯罪手法。毫无疑问,凶手是一个对学校的运作了如指掌的人,目前我只能告诉大家这些。"

奈杰尔说完,大家一片尴尬地沉默。加兹比打破沉默问道:"如果说你怀疑凶手就在我们中间,那你天天和我们厮混在一起,不害怕吗?"他的口气里充满着嘲讽的意味。

"也许他觉得没必要害怕。"伦奇开口了。

奈杰尔没有理会他们含沙射影的挑衅,说道:"当然害怕,还好没有吓破胆。实不相瞒,我在自己的枕头下面放了一支左轮手枪。但事实上,据我对这些犯罪分子的了解,相比于我们的恐惧,藏在暗处的凶手受到的心理折磨更甚。"

当奈杰尔说出左轮手枪这个词时,现场出现一阵小小的骚动。尽管已经死了两个人,但侦探都在枕头下藏枪了,这足以说明这个凶手的可怕程度。手枪虽然没有出现在他们面前,但不知为何,它竟然比背后流着鲜血的珀西·瓦尔的尸体带给大家的震撼更大。加兹比以他一贯的乖戾态度,把大家的想法用语言表达了出来:"不管怎样,总算把事情挑明了……是吧?我是说,关于斯特雷奇威的左轮手枪……"

"我们又不是傻瓜。"伦奇突然打断了他。

加兹比没有理睬他,继续说:"有时候总有些细节在人的脑海里挥之不去,这真不可思议,你说呢,蒂弗顿?我记得……"

伦奇又打断他的话说道:"如鲠在喉。"然后他拿出手表看了一眼时间,"快要两点了。就在一周前的这个时候,在座的某一位正准备去杀人,我想知道他现在是什么感受。"

蒂弗顿在椅子上猛地一动,叫道:"看在上帝的分上,伦奇,你能不能表现得正常点,不要那么夸张。"

奈杰尔站起身,说道:"下面我请各位从 2 点 15 分开始,重复你们在上星期三所做的一切事情。"说着,他不动声色地朝着伦奇坐着的位置看了看,继续嘱咐,"请完全重复相同的动作。"伦奇把脸扭过去了一点,回避他的眼神。

奈杰尔清了清嗓子,又说:"我来扮演迈克尔。对了,格里芬,你能把他的秒表给我吗?比赛开始的确切时间是几点?"

格里芬在一个储物柜里摸索了一会儿,掏出了秒表,报出了具体的时间。接着,奈杰尔转向西姆斯:"我能跟你说句话吗?"

两人走到走廊里去说话,房间里其他四个人的耳朵都竖起来了,但他们只能听到只言片语:

"听着,西姆斯,我希望你……"

接着是片刻的沉默。加兹比想听清谈话的内容,便走了出去。

"大家一起努力过这一关吧。"伦奇说。

"你觉得我们请来的这位私人侦探怎么样?"格里芬问道。

蒂弗顿若有所思想了一会儿,说:"嗯,到目前为止,他似乎没有做什么,找他来是为了尽量维护我们学校的名誉,可现在他却当着我们的面说杀人犯就在我们这几个教师当中。"

"你的意思是,如果他发现凶手是教师,他就应该放弃这个案子,把真相封存起来?这样做是违反道德的。"格里芬评论道。

伦奇插话:"我说,警长现在到底什么思路?他今天早上一个劲地在问我们比赛时我们站在哪里还有我们在赛后做了什么,这真令人费解。"

格里芬打了个寒噤,说:"很明显,谋杀是在比赛开始之前发生的,对吧?"

"没那么简单,"蒂弗顿严肃地说,"不然斯特雷奇威为什么要情景再现?"

"我想知道他要秒表做什么?"格里芬说。

"还有他和西姆斯到底在说什么呢?"伦奇说。

2点10分左右,奈杰尔在干草地摆椅子,阿姆斯特朗独自一人过来找他。警长显然被这一系列事情搞得心烦意乱,但他还是克制住了,尽量友善地问道:"你摆这么些折叠躺椅做什么,斯特雷奇威先生,你打算开一家丽都酒店吗?"

奈杰尔意识到对方在嘲笑他,辩解道:"不,我在用它们替代干草堆。你看起来状态不错,有什么新进展吗?"

"刚刚我又和罗莎谈了一次。"他故弄玄虚地停顿了一下,但奈杰尔看起来没有他想象中那么兴奋,于是他有点失落地继续说道:"我先去了斯特朗那里,没有查到关于帐篷钉的信息,但他们中有人注意到蒂弗顿曾经把两把椅子挪得离帐篷更近一些。"

奈杰尔停下手中的活,追问:"哪两把椅子?"

"根据他的说法推断,应该是瓦尔先生和瓦尔太太坐的位子,他今天下午会过来核实一下。"

"罗莎那边情况如何?"

警长搓着双手说道:"啊,先生,这方面我可比你有优势。你也许对付那些男孩子很有一套,可是对付这种姑娘……嘿嘿,我可是很有一套,我对她们了如指掌。"

"惭愧啊,阿姆斯特朗先生,我是自叹不如。"

阿姆斯特朗发出了一种近乎咯咯的笑声,说道:"这么说吧,先生,她碰上烦心事了。"

"我相信你应该没有为难这个单纯的姑娘吧?"

"我完全没有为难她,你瞧,我很了解她们这一类的姑娘,不需要给她怎么施压。我猜年轻的伦奇应该已经厌倦她了,否则他至少会找个别的什么借口甩了她,总之现在找她问话正是时候。她也不是个善茬,一旦她觉得她和伦奇之间已经没有任何可能了,她就会供出她知道的一切。"

"直接说你问话的结果行吗?时间有限。"

"嗯,是这样,伦奇认为威姆斯知道他俩之间的事情,因为有一次伦奇从她那里离开时，曾看到威姆斯在鬼鬼祟祟地跟踪。我说了，罗莎可不是个善茬，她甚至暗示我，凶手就是伦奇，他怕威姆斯把他的丑事泄露出去。这么一来，伦奇的杀人动机就出来了，不是吗？"

"可是，这个姑娘的证词听起来并不可靠。她的说法太戏剧化了，让人感觉不可信。不过，我想知道你对她怎么说。"

阿姆斯特朗开始大笑："是的，我告诉他们所有人，从2点15分开始，案情重现即将启动。想想吧，到时候我们的伦奇该有多尴尬，不过，完全重现当天的一切大概不大可能，哈哈哈……好了，好戏就要开演了。"

格里芬站在球场中央，手里拿着一把大左轮手枪，面对着一排他想象中的障碍物打着一系列手势。在他身边，球场管理员莫德时而搔着头，时而隔着裤子挠着屁股。奈杰尔把他的躺椅摆好之后，和警长一起朝比赛起点的位置走去。

"现在，睁大你的眼睛，"他说，"仔细观察，你瞧，我可是什么也没藏着掖着。"

"观察？你让我观察谁呢？"阿姆斯特朗提高嗓音问道。

"观察每一个人。"

五分钟过去了，老师们陆续开始从教学楼里走出来。格里芬满脸期待地走近奈杰尔，但他显然对奈杰尔扮演的迈克尔不太满意。

"你都没入戏，"格里芬说，"你得说：'怎么着，你是要枪毙了谁吗？'"

"你想枪毙谁吗？"

"那个大傻子莫德，跑道上的跨栏他放得也太多了。接下来，我俩还得设法摆脱加兹比的纠缠来着。话说加兹比在哪儿，他人呢？"

"你的记性可真好。加兹比就在那个位置，刚刚出来。"

"天哪，他完全错过了他上场的时间。现在你只能把这部分跳过，继续和蒂弗顿闲聊。"

奈杰尔应声走向蒂弗顿。

"我在想，这个环节被你们警察称为什么？"格里芬站在原地，忍不住对警长说，"是验尸后的彩排吗？你知道，这让人有些发怵。不过，我对于你们还是抱有期待的，你们这些警察还有点可爱。"

阿姆斯特朗指了指那边的奈杰尔，他正心不在焉地和蒂弗顿聊天，然后喃喃地说："天知道我们这是在干什么，这是斯特雷奇威先生的套路，我看他自己也不一定能搞清楚自己在干什么。"

正说着，西姆斯走了过来，默默地站在旁边。

"嗯，"格里芬答话，"他好像在听什么重大消息似的。不过，我还是要给你那位杰出的助手点个赞，他可是半路里杀出的一匹黑马。好了，差不多开始比赛了，大家都到齐了。不对，还有人不在，该死的伦奇去哪里了？"

奈杰尔走到他们面前，当阿姆斯特朗和格里芬看到他脸上的表情时纷纷大吃一惊。他的脸上写满了惊讶，惊讶到近乎惊愕的那种。然后他恢复了平静，像往常一样站在他们旁边。

格里芬轻拍他，就像在拍一个梦游者一样："我刚刚正和警长说，比赛马上就开始了。"

奈杰尔眨了眨眼睛，说："比赛吗？哦，是的，是的。我们必须继续比赛。"他似乎是在把自己从白日梦中唤醒，神情突然变得严肃。接着他朝阿姆斯特朗笑了笑，把他从其他人中间拉开，从口袋里掏出一个中等大小的练习本，递给警长说，"你看起来有点无精打采的，要不要读点轻松的文学作品？你会在这里找到两起案件的犯罪记录，不过都是速记性质的，我希望你不会介意，但它会很有用的。算了，先别读，先收一下你强烈的好奇心吧。"

他提高嗓门向周围的人们喊道："好了，先生们，赛跑即将开始。请大家回到当时比赛时各位所站的位置，试图想象自己正在观赛，试着想象比赛进行的每一个阶段……"

"嘿，谁知道伦奇去哪儿了？"蒂弗顿说。

"别管他了，时候到了他自然会现身的。好了，现在有请格里芬出场。"

裁判员格里芬来到了起跑线这里，面对着空荡荡的跑道煞有介事地说道："比赛即将开始，激动人心的时刻就要到了。"随后，他掏出了一张假名单，给六个不存在的男孩分配了跑道。然后他重演了当天那喜剧性的一幕：枪管堵塞，第一次鸣枪失败。此时的观众们依旧激动不已，甚至比案发当天的比赛现场还要兴奋。只有阿姆斯特朗站在老师们和教学楼之间，看似波澜不惊，其实像只猫一样死死盯着伦奇即将出现的那扇门。

"各就各位！预备！"格里芬的发令枪发出了砰的一声。

"加油！安斯特拉瑟！"奈杰尔对着空荡荡的跑道呼喊着，就好像那椭圆形的跑道上真的有运动员在竭力奔跑似的，就连死盯着伦奇下楼动静的警长，闻声也不由自主地向跑道方向瞥了一眼。突然，这有点荒诞的戏码被破坏了。不知道谁开始大笑，抑制不住的笑声喷薄而出，起初还有点收敛，很快就发展为肆无忌惮的笑，仿佛表演者已经克服了怯场的心理，开始学会了操控观众。

事实的确如此。众人的注意力完全被这个笑声吸引了，大家一起转过身去寻找，刚开始他们什么也看不见，似乎什么都没有，只有小路和干草地里平坦的残茬。渐渐的，所有的目光都集中在那几个躺椅的位置——那是奈杰尔放在那里替代干草堆的。躺椅的顶部露出了一个头和肩膀，那是西姆斯，他和蔼地看着大家，咯咯地笑着，在众目睽睽之下，他像是一个牧师，身材矮小但自信满满。他把双手放在面前的躺椅上，就像放在讲道坛的颂经台上一样。然后他开始发表演说，他的语调平静而流畅，喜悦的表情照亮了他平凡的脸庞，让人对他的龅牙和凌乱的胡子视而不见。

"你瞧，就是这么简单，"他说，"每个人的注意力都完全在比赛上，凶手只需要像我刚才那样走进干草堆，勒死那孩子，然后再走回来，时间很充裕。家校球赛时也是一样，你们已经有人知道了，其中一个帐篷的帐篷钉实际上是一把匕首。凶手只需要静静等待，时机一到，把它拔出来，捅一刀，然后再插回去，完成整套动作只需要几秒钟。你们瞧，在极度兴奋的时刻，每个人的注意力都集中在一个点上，大众情绪的全部力量使它固定在那个点上，这时旁边发生什么别的事，根本没有人注意。实际上，小偷偷东西也是用的这个办法，神不知鬼不觉的,啪!你的东西就没了。"

演说完毕,他停顿了一下。人们惊讶地叹了口气,一半是惊讶于他的话,一半是惊讶于他的风格突变。大家开始窃窃私语,西姆斯见状举起一只手,用一种不可言喻的权威姿态制止了众人的交头接耳。再一次安静下来后,他又开始说话了,他的声音越来越有力,音量越来越大。

"你们一定很想知道谁是凶手,放心,这个谜底我很快就会替你们揭开。这样的杀人计划不是一般人可以想得出的,再把这个周密的计划完美地实施则更难,只有天才才能做得到。制定计划需要杰出的聪明才智,实施计划需要决断勇气,同时具备这两方面能力的人,不是天才又是什么呢?他平时可能并不显眼,甚至就是一个你们瞧不起的人,一个微不足道的人,一个处在边缘的人。没想到吧,其实你们才是不折不扣的蠢材!一个小人物做了一件你们没有人能做并且敢做的事。先生们,这个人是我,就是我!我杀了威姆斯和瓦尔。我恨他们,我杀了他们,就在你们的眼皮子底下,这就是我想说的一切!"

死一般的寂静。

突然,阿姆斯特朗冲了上去,但西姆斯不慌不忙地把手伸进口袋,对他们露出轻蔑的笑容,他抽出一把左轮手枪,开枪自杀了。他取得了属于他的胜利。

第十四章

回忆再现

"是的,一切源自仇恨,就和著名的凯恩·亚伯案的犯罪动机一样。但是对于阿姆斯特朗这个老警察来说,这个动机太纯粹、太原始了。为了感情,为了钱财,或为了掩盖见不得人的秘密而起了杀心,都是常见的动机。然而,仅仅因为恨一个人就去杀他,太让人匪夷所思了。如果可怜的西姆斯不对两个人同时下手的话,他完全可以逍遥法外。"

"他对威姆斯和对瓦尔先生并不是同时下手的。"

"哦,我不是那个意思,我是说他一边干掉威姆斯和瓦尔,一边想着嫁祸于你俩。"

西姆斯第一次也是最后一次公开宣布胜利之后，又是一天过去了。晚饭后，奈杰尔、希罗和迈克尔三人在客厅里聊天。经过这么多事，他们都身心俱疲，但又因为案情水落石出而欣喜若狂。名侦探奈杰尔的功劳簿上又添了一笔，休闲时刻他当然必须以茶为伴。希罗坐在迈克尔椅子旁边的地板上，她牵着迈克尔的手，金色的头发垂落在迈克尔的膝盖上闪闪发光。她的脸色苍白如刚从黑暗中走出来的欧律狄刻①，但她不像之前那么紧张了，她的身心彻底放松了。迈克尔温柔地俯视着她，仿佛她刚刚平安诞下一个婴儿。听到奈杰尔说"嫁祸于你俩"，迈克尔迷惑地看了一眼奈杰尔，问道："我俩？"

"没错，只是他还是高估了自己。"奈杰尔不动声色地喝着茶。迈克尔不安地动了动，希罗抬头看了看迈克尔，他看起来有点像刚睡醒，脸色有些困倦，又像好不容易才从深渊里游上来透口气似的。

"还是让机智的你来解释给我们听吧，虽然你解释了我们也不一定能完全弄明白。"迈克尔的话是没问题的，但语气上还是带有火药味和挑衅。当年他和奈杰尔在牛津大学同学时，用这样的语气彻夜辩论是常事。

他的朋友面带微笑地以同样的口吻回应道："怎么着，面对这样的结果，你还有什么疑问吗？请说，洗耳恭听。"

"我有一堆疑问。首先，西姆斯对希罗和我的仇恨从而来？大家都像看待低能儿一样瞧不起他，我们也没有做得更过分啊？"

---

① 欧律狄刻（Euridice）是希腊神话中阿波罗儿子的妻子。

"啊，不，和那个无关。事实上，我刚才所说的纯粹出于仇恨可能不太准确。他之所以针对你俩，背后的原因要复杂得多。你们都不知道吧，西姆斯是福音派传教士的后代。"

迈克尔瞪大了眼睛："什么？他的祖父在中国当过传教士，这我知道，但这究竟跟我俩有什么关系呢？"

"传教士是这个世上容忍度最低的人，他们必须有较高的为人处世准则。"奈杰尔突然打住话头，低头陷入沉思。

"你懂的，假如你生活在古希腊时代，就是德尔菲神谕[①]还没有出现的时候，你还能掐头去尾，说话遮遮掩掩。可现在，万事都讲效率，你最好说清楚点，从头说起。"

"从头说起？那得花很长时间，追根溯源得从西姆斯出生之前开始讲。"奈杰尔一边说，一边在口袋里摸索，抽出几张纸，"早期的基督教牧师们在人类的心中种下了一个本能，作为其精神继承者的清教徒们将这种本能加以发扬光大。或许'本能'这个词并不恰当，但人们对身体的恐惧和厌恶是如此强烈和普遍，以至于找不到更贴切的说法。它时不时地会在任何人身上发生，并且通常以最诡异的形式出现。就西姆斯的情况来看，这种情绪就像是一座沉睡的火山。我们发现了他过去两个月里写的一本日记，警长让我从中摘录。对于精神病专家来说，这是一本非常有趣的案例资料。"他在空中挥动着那几张纸。

---

① 希腊德尔菲神庙阿波罗神殿前的三句铭文："认识你自己""凡事勿过度""妄立誓则祸近"。

"斯特雷奇威教授，讲座何时结束？我赶时间打算出去喝一杯。"迈克尔有点不耐烦。

"到底是谁在办理这个案子？是我还是你？冷静点，朋友，冷静点。"奈杰尔冷冷地说。

"你这家伙真可爱。"希罗突然对着奈杰尔喊道。奈杰尔闻言有些惊讶，然后愉悦地报之以笑容。

"喂！喂！够了够了！你可不能对你遇到的每一个风流才子都用这样的口吻说话。"迈克尔抗议道。

"必须停止这种行为——这句话正是西姆斯在他的日记中所写的。我的意思是，他目睹了你和希罗在做爱，他故意跟踪你、观察你有一段时间了。我想，这对一个像他那样流着清教徒血液的人而言是一种自我折磨，最后他坚信自己是上帝惩罚罪人的工具，所以才会决定让你们俩背负杀人的罪名。这些心理活动都记录在了他的日记里，但我不会把这些内容逐字逐句地读出来，他在这个问题上非常直言不讳，毕竟当一个清教徒谈及对性的恐惧时，所使用的词汇是极其难听的。"

"我的上帝！我的上帝啊！那家伙真无可救药了！"迈克尔缓缓地说着，语气中透着一丝不合时宜的同情意味。

"可我不明白的是，"希罗说，"他是怎么监视我们的呢？如果他真的跟踪监视我们很久了，我们不可能没有觉察，毕竟我们也是很小心的。"

"不管怎样，他确实做到了，你马上就会明白他是怎么做到的。这是件很可怕的事，那个温和的、不起眼的小个子男人，内心积压着这么多愤怒和厌恶，还任由他的想象煽风点火，太可怕了。不过，我们在这里胡乱猜测也无济于事，我还是从日记中摘录几段来读给你们听一下吧。"

奈杰尔开始朗读："'又来到了巴特福德森林，谷壳莺、柳莺、木莺、白喉莺，还有红腹灰雀和它们搭建好的鸟窝。多么美好的一天，莺和森林云雀仿佛在伊甸园里歌唱。景色宜人但人性本恶，亚当和他的妓女又来了，在这罪恶的花园，干着肮脏的勾当……'"

"还有大段露骨粗俗的语句……还有……细节描写，算了，暂且跳过吧。"奈杰尔说。

"所以他就是这样得知了我们的事情？"迈克尔小声说，"这个观鸟爱好者在野外寻找观察对象时发现的。"

"没错，"奈杰尔回答，"确切地说，我开始就想到这种可能性了。"

"你的意思是……"

"你是否记得你曾经告诉我，在第一起命案发生后，在蒂弗顿的房间里发生的一段对话。难道你忘了吗？你说西姆斯看到了黄色金花雀之类的东西，所以我们不得不在他跟踪它时停下来……说到鸟，伦奇呢？我想他正追着金发女郎罗莎吧。然后你告诉我，西姆斯当时表现得相当激动。"

"他当时喝醉了，他刚和加兹比喝过几杯。"

"是啊，喝醉后的他不再压抑和胆怯，他像个男人一样展现出他的激情。"

希罗激动地抬头看着奈杰尔："但我还是不明白这些信息如何成

为你推理的依据呢？"

"嗯，我通过各种细节拼凑出了事情的原貌。当我了解到的事情越多，我就距离真相越近。你们看，在这个干草堆下手是一个刻意的选择，你们俩约会的地点恰巧就在尸体被发现的干草堆，这未免太巧合了。因此，阿姆斯特朗自然而然就得出结论认为是你们干的。我坚信迈克尔不会杀人，因此我确定这件事的因果关系是，因为你们在干草堆约会，所以凶手选择了干草堆。换句话说就是，你们被凶手陷害套路了。"

"瞧瞧，他还画了好些图。"迈克尔打断了他。

"看出来了吗，都是照着你们画的。为了找出真凶，我必须查出谁恨你们，这就是内在的逻辑。而西姆斯犯下的重大错误就是，他不止杀了一个人，他先后杀了两个，而且还想以此嫁祸于你们。一石二鸟不是那么容易的，他露出了马脚，终于让我发现了蛛丝马迹。这个问题到后面就很简单了，这个人知道你们是恋人，并且坚决反对你们的恋情，那么这个人就是凶手。表面上看，这个人应该是珀西·瓦尔，因为他是希罗的丈夫。"

"听起来还蛮有道理，是不是？"迈克尔说。

"虽然看起来珀西·瓦尔的嫌疑最大，但我并不这么认为。有两个原因：首先，如果说一个受到背叛的丈夫，为了报复他的妻子和妻子的情人，转而去杀死一个男孩，这也太离奇、太夸张了，不合情理；其次，对于瓦尔这样一个有一定社会地位和财富的人来说，这种简单粗暴的报仇方式不大可能。总之，他不是为了复仇会动了杀心的人，我不是说这样的人永远不会有杀人动机,他或许会因为恐惧而杀人,但绝不会因为利益或冲动杀人。如果他知道你们俩的事,他的反应会是自怜,然后是怨恨,接着可能会陷入一番猫鼠游戏,拒绝离婚诉讼来保全自己的颜面,而不是通过谋杀来解决这个问题。"

奈杰尔停了下来,一脸抱歉地看了看希罗:"希罗,我非常抱歉。我如果继续说下去,你一定认为我是个冷血的人。"

"没事的,"希罗笑着说,"我并不这么觉得,我们就像是在……嗯……像是在谈论一个梦,请继续。"

"于是我开始找寻真凶。这个人有杀死威姆斯的动机,同时也想方设法要把你们两个送进监狱。肯定是这样,否则有太多巧合无法解释。另外,他的动机超越了一般程度对所谓的'不道德'的反对,只有将你们的所作所为暴露在瓦尔面前才能使他满足,这种疯狂的道德义愤往往植根于性变态或心理受挫。当我听说西姆斯在蒂弗顿的房间里爆发的时候,我立刻意识到他有作案的可能。他胆小腼腆、不自信的外表,让我越发怀疑。当然,我也观察过其他可能作案的人选,伦奇和蒂弗顿我都考虑过,尤其是伦奇,这两起谋杀案他似乎都有动机。不得不承认,西姆斯的动机太纯粹了,非同寻常,所以我和警长起初都没有料到。但在他的日记里写得很明白,我读给你们听。"

"'今天发生了一件怪事,威姆斯对我开了一个极其恶毒、不可饶恕的玩笑。同学们、老师们,每个人都和我作对,看不起我,但威姆斯是最过分的。现在我知道为什么了,而且我知道该怎么做了。我的头似乎快要炸开了,几乎要晕倒了。突然,我的脑海里好像有个障碍物被冲走了，僵局被打破了，我感到茅塞顿开，一切都很清楚了。真有意思，我以前从来没意识到，这孩子被魔鬼附体了，它污染了他周围的一切，我知道该怎么做了。把他彻底干掉，这是耶和华说的，而我就是被他选中的人，我必须要替天行道。'"

大家沉默了良久，仿佛见到了天外来客。之后，迈克尔说话了，声音里夹杂着几分敬畏："天哪，他……他真的是个宗教狂热分子，原来真的有那样的人。"

"早些年，这样的宗教狂热分子并不鲜见，"奈杰尔说，"大家并不会把他们称为疯子。旧约中的许多先知，都是那种风格。"

他继续看了看日记本，说道："接下来的几段我就跳过了，内容太惊悚了，他对威姆斯的情绪和对你们俩的感觉融合在一起，导致了最后他情绪的爆发。不过这里有一段挺有意思，展示了他心态的另一方面。"

"'要是他们这些人中间有人知道我的真实身份就好了！醉汉加兹比，好色之徒迈克尔，傲慢的蒂弗顿——要是他们知道就好了！至于你，珀西·瓦尔，被戴绿帽的老学究，你很快就会改变对我的态度。我会展示给他们看的。他们中有谁敢思考我正在思考的事情，又有谁敢做我将要做的事情？我要当着他们所有人的面，干一件惊世骇俗的大事。但我必须等待指引，等待时机，我会耐心等待，我有的是时间，他们逃不过我的手心。就算他们永远被蒙在鼓里，我也不介意，一旦我死了，我的《末日审判书》将被公之于众。我有能力赋予生命，也可以取人性命，冥冥之中我主宰着他们的生活。这是我目前最满意的事情。'"

读到这里，奈杰尔停顿了一下，对迈克尔说："这说明了一切，他在临死前发表演说时你不在场，也是差不多的意思。其实，一切的根本并不在对宗教狂热上，那只不过是凶手对其犯罪行为的托词和合理化的解释，这一切的根源来自他内心的自卑感。如果媒体上的专题文章探讨这个主题——'小人物也会翻身吗？'著名的小人物研究学家奈杰尔·斯特雷奇威会给予肯定的回答。说正经的，埃及艳后克利奥帕特拉不就把北非的毒蛇角蝰称为小人物吗？不管怎么说，蛇是自卑感的完美象征，永远卑微在尘土中，被践踏在脚下，被鄙视的它们总是暗中酝酿着怨恨，一旦被激怒就会进行致命的攻击。"

希罗看起来害怕极了，颤抖着声音说："好吧，关于这本日记的内容我再也不想听下去了。你能不能告诉我们，你破案过程中的细节？"

"好的，西姆斯是我怀疑的对象，我逐渐摸清了他的性格，同时我逐渐弄清了威姆斯被杀的时间及手法，威姆斯一定是跑步比赛时被杀的。的确，在大家情绪紧张的时刻，比如一场激动人心的比赛，每个人的注意力都可能完全被眼前的景象所吸引，但普通的杀人犯仍然不敢冒这个险。可这个凶手的心态很奇特，说他精神错乱也不过分，他还带有一定的表演欲。他的作案手法，还有这个作案的地点，总感觉他在布景、导演一出戏剧似的。凶手可以有上百种方法干掉威姆斯并把你俩牵扯进来，但他选择了最公开、最具戏剧性的地点，这是一个受自卑感支配的疯子才干得出的。还有一些细节，可能在庭审时没什么用,但对我来说也有价值,就是西姆斯要迈克尔替他掐秒表,以及他在比赛后的一些行为举止。"

"天啊,"迈克尔打断了他,"当时,他向我走来,上气不接下气的,我当时以为他是激动的,原来他刚刚才把……"

"他确实很激动,但不是因为比赛,而是因为刚杀了人。他先来到干草堆,勒死那个可怜的男孩,再用绳子绕紧他的喉咙以确保男孩死透了,然后回到你的面前。他的行动必须非常迅速,卡住比赛最激烈的那个节点。他的计划很周密,执行起来并不容易。事实上,他的每一步都进行得极为谨慎,甚至离开人群他都是倒着走的,这样如果人群中有人转过身来东张西望,他就会注意到。如果他被人看到了,他会立刻改变计划,径直走到草堆里,把那个躲在那里的男孩拖出来,以一个教师的姿态质问他在那儿干什么。和第二次凶杀案一样,在杀人之前,他的行为没有任何引起怀疑的地方……"

"等一下,我们还没有搞清楚第一次凶杀案的问题呢,先生。他究竟是怎么知道我和希罗要去干草堆的,他又是怎么把威姆斯引到那里的?"

"这很容易,别忘了他跟踪你们有一段时间了。你和希罗传递纸条的地点那块松动的砖头,他当然也知道具体的位置。那天晚上,就是运动会的前一天晚上,他看见她把一张纸条放在那里,就偷偷拿出来看了,这样他就顺利掌握了你们的约会时间地点。第二天早上,他又让威姆斯拿到了那张黑点帮的纸条,让那孩子以为自己可以入伙了。"奈杰尔顺便解释了黑点帮的那套机制,并含蓄地讲述了自己的一部分经历，那个有些丢人的铜像画胡子行动仍然让他记忆犹新。

"那我的银色铅笔又是怎么回事呢？"

"日记里没有提这笔的事。可能只是你运气不好，这并不在他的计划之内。顺便说一句，我问了他们几个人，蒂弗顿以为他在干草战之后看到你用过它，那是他弄错了。西姆斯则说他记不清了，这正是他狡猾的一面，如果他一口咬定看到干草大战后你用过这笔，那就意图太明显了。哦，差点忘了，我还跟他们几个说了一下黑点帮的那一套规则制度，西姆斯几乎立刻就把黑点帮的规则和威姆斯进干草堆的事联系到一起了。而一向聪明的伦奇，却在这个事情上反应慢一拍，西姆斯这一套声东击西很成功，他让我一度非常怀疑伦奇。"

奈杰尔停顿了一下，有点贪嘴地望着空空的茶壶。希罗假装没有注意到，继续问道："对了，那给詹姆斯·厄克特的那封信，你有查到什么吗？"

"哦，是的，这些在日记里都有写。这是西姆斯精心设计的另一个套路，可以进一步加重你俩的嫌疑。西姆斯曾与詹姆斯·厄克特共进过几次晚餐，他注意到厄克特的支出与其收入严重不符，所以他也有了和警长一样的发现，那就是厄克特一直在挪用原本属于威姆斯的遗产。于是，他用迈克尔的打字机打了这封信，巧妙地把怀疑的矛头指向了迈克尔或厄克特。如果厄克特留着这张纸条，那迈克尔就成了犯罪嫌疑人；如果厄克特销毁纸条，那么厄克特自己便成了犯罪嫌疑人，这么明显的线索警察不会放过的。当然，这一整套计划西姆斯构思得很快，他在19日晚上发现了希罗放在那块松动的砖头下的纸条，几乎立即就确定了第二天的行动,并立即回去打好那封信寄给厄克特,以便厄克特在早上一醒来就能收到那封信。我猜那天晚上西姆斯彻夜未眠,把这一整个计划安排得滴水不漏。"

"这么说你很早就关注西姆斯了?"

"起初他并不是我的主要怀疑对象。当我听说了他的那场情绪大爆发,还看到了他喜欢的神学家、地狱之火等宗教类读物后,我就对他重点怀疑了。但我缺少证据,甚至可以说没有任何证据,这样我的推理就没有支撑。事实上,如果不是他的虚荣心作祟,他现在可能还活着……"

"这话是什么意思?"

"还不明白吗?一个性格压抑的人,把自己封闭起来,身边没有朋友,那样的人会做什么?坚持写日记。大多数情况下,这类人采用了一种狡猾且大胆的手法犯罪,最终自称他就是凶手,但他不能要求所有人都相信,因此他就把自己的所作所为写在日记里。真是个被埋没的'天才',无论如何,这本书将在他死后出版,后人会记得这个角色。噢,是的,我很大程度上把希望寄托在这本日记上,但我一直想不通他会把日记藏在哪儿。要知道,警察在第一起谋杀案后搜查了所有老师的房间,可是没有发现什么可疑物品。当然,这又是老套的障眼法把戏,一度把我也迷惑住了。你还记得爱伦·坡写过的那个故事吧?那封重要的信就这么放在信架里,可当人们掀开地毯,撬开地板苦苦搜寻时,罪犯则故作紧张地盯着别人看……"

"你能不能别这么东拉西扯的,"迈克尔打断了他,"我们不想听美国文学的讲座,如果你不马上告诉我们它在哪里,你就死定了。"

"保持冷静!答案是他的'黑皮书'其实就是一本普通的学校练习本,里面甚至还写着他的纳税记录。"

"你的意思是说他随身带着这个危险的东西,把它带进教室,带进公共起居室?为什么会这样!这太疯狂了!"

"是啊,因为他真的就是个疯子,把他的罪证随身带着,放在最显眼的地方。从表面上看,这么做风险极大,但实际上,最危险的地方就是最安全的地方,除非有人拿过去翻开看。并且,他的简写方式很潦草,就算是我们这些人看了也未必能一下明白什么意思,更不用说教室里那些孩子们了。那天我走进他的教室,想问问他铅笔的事,发现他不由自主地朝一堆书走去,似乎想把其中一本盖起来,这是一种本能的负罪感。这让我想起了加兹比和蒂弗顿之间关于公共起居室里老师的储物柜是否属于私人领地的那次争吵,我马上想到,那倒是一个放日记的好地方,简直太安全了。白天公共起居室里总是有人,任何人也没法子去翻别人的储物柜,到了晚上,我注意到他总是会把那个本子带回房间。其实当时我也不能确定那就是他的日记本,我只是模模糊糊地意识到,他企图盖住的那个本子肯定是一个重要的线索。瓦尔被杀之后,我终于确定了,我的推理是对的。阿姆斯特朗说他们刚刚搜查了公共起居室,当时大家都没什么异常表现,只有西姆斯看起来忧心忡忡的。当时没有人觉得异常,因为校长刚被杀了,有点异常表现很正常。但实际上,他是出于一种极度的恐惧,因为他担心他的日记会被警方发现。当然,这也说明他并非一个完美的杀人犯,他要是脑子清楚的话，根本不必为此操心，因为警方要找的是凶器，本子这样的东西警方根本看都不看。"

"那这本日记是如何落到你手中的呢？"希罗问道。

"到时候您就会知道的，夫人。"随后，奈杰尔继续讲述了谋杀校长的案子和发现凶器的经过。"我必须承认，我本应有能力阻止第二次命案的发生，但我在寻找他下一步的行动方向时犯了错误。我以为他的目的就是陷害你们两个，所以我一直在想法子保护你们两个。瓦尔把他叫到办公室里训斥那天我是看到的，当时我还在想：如果有人那样跟我说话，我会打爆他的头。任何人在那种情况下都会那么想，但大都只是想想就算了。多年来，瓦尔对他的态度一直都是这么傲慢，西姆斯可能还担心瓦尔随时会炒他的鱿鱼。当然更重要的目的就是，杀了瓦尔，可以进一步坐实你的罪名，迈克尔。第二次谋杀案他做得真的很漂亮，滴水不漏。"奈杰尔激动地补充道。

"他一定很高兴能得到你的赞赏。"迈克尔用那种交际花的口吻喃喃地说。

"第二次杀人的时候，他比第一次干得更隐蔽，而且绝对安全，除了下手时机还有些不确定。在比赛的关键时刻，他弯下腰假装系鞋带，趁机用左手取走了帐篷钉改装的匕首，从椅背后面戳进去。凶器很尖，所以不会立刻喷出血，拔出来之后，顺手插回原处，再把拉绳什么的回归原位，整个过程只需三秒。他一定是一直在等待时机，如果没有一个激动人心的赛点，吸引所有人的注意力的话，他根本不会采取行动。'那天晚上，我换了一个真正的帐篷钉，没人知道。'他日记里都写了，一切安排妥当，第二天静待时机。他当然知道希罗和她丈夫会坐在哪里，而且他吃准了迈克尔肯定也在附近。希罗晕倒的事应该不在他的计划内，但这对他来说是绝对的利好。他原来的计划是在谋杀案发生几小时后，用一种不引人注目的方式让警察注意到希罗椅子旁边的帐篷钉。那个位置对于希罗来说非常顺手，再加上她有急于摆脱丈夫的动机，所以这个嫌疑是完全说得通的。她昏过去后，他立刻改变了计划，叫了一声'去拿点水来'，从表面上看，这句话完全是出于善意的提醒，实际上他知道希罗的'忠诚骑士'迈克尔一定会去取水，这样就会被警方怀疑是转移凶器去了。假如警察拦下了他，搜查后并没有发现武器的话，西姆斯也有办法，采取之前的计划，栽赃给希罗即可。哦，是的，整场演出堪称完美，他的狂热已经把他的智力提高到了一个思考问题事无巨细的程度。"

奈杰尔停顿了一下，希罗打了个寒噤，走近迈克尔。即使现在回想起来，这些事情仍让人心里发怵。她看着奈杰尔，他对凶手的冷静科学分析，令她大为震惊。此时此刻，她觉得他似乎不是一个有人情味的凡人，而是像一架工作了一天后正在休息的智能机器，而恰恰是这个人救了她和迈克尔一命。

"你还没有回答我的问题。"她说。

"回答什么？哦，你是说怎么拿到这本日记的？是的，拿到日记并非易事。当时我仍然没有任何证据能够证明西姆斯就是凶手。阿姆斯特朗一直追着我问我的调查结果，可我没有证据让他逮捕西姆斯。我只能让他逮捕你和迈克尔，这样他就安生了，当然我的目的主要是为了让西姆斯放松警惕。日记的存在只是我的假设，我决定试着证明这一点。我最担心的是，西姆斯为了规避风险已经把那本日记烧掉了，所以千万不能打草惊蛇。后来，格里芬、我和小史蒂文斯上演了一出假火警。这让西姆斯和其他所有人都顺理成章地离开了公共起居室，我则得到了去翻他的储物柜的机会。果然让我找到了，拿到这本日记的那一刻我就知道我们赢了。"说到这里，奈杰尔的声音都变了，"可怜的魔鬼。我们谁也不知道被人鄙视和拒绝是多么痛苦，他的灵魂简直就像长了毒瘤一般，让他陷入了疯狂。他感觉自己和周围的人之间有一层比薄纱更无形、比铁更坚固的帘子，任凭他在深处如何呼喊，都无人回应，仿佛自己被活埋了。"

希罗情不自禁地小声嘟囔："原来你也是有非常人性的一面的。"

奈杰尔吃了一惊，有点困惑地问："这话怎么说？"

"我总算明白了，"迈克尔提了一个毫不相干的问题，"你总是把左轮手枪放在枕头下吗？你该改改这个随意的习惯了。"

"我看你是揪着这件事不放了，"奈杰尔回答，"看在上帝的分上，别让这件事传出去，如果阿姆斯特朗知道了，我就完蛋了。他是想不明白这件事的，一个像我这样聪明的侦探怎么会犯这种低级错误，当着一个杀人犯的面宣布自己的左轮手枪的确切位置……"

"什么意思？"希罗问："他自杀用的是你的左轮手枪吗？"

"是的。我可以告诉你，西姆斯自杀这件事，阿姆斯特朗很生气。如果他知道得再多一些，他会更难受的……哦，好吧，我最好解释一下。阿姆斯特朗认为，西姆斯注意到他的日记不见了，知道一切都完了，于是畏罪自杀。然而，事情没那么简单，我还不至于向杀人凶手交出我的底牌。实际上，一直到我告诉西姆斯我看过他的日记时，他才意识到他的日记本弄丢了。因为我拿走他的日记本时，特意放了一个一模一样的本子在他的储物柜里，他根本还没来得及发现日记本被调包了。在我看他的日记之前，我是打算让警长逮捕他，绳之以法的。可我看过他日记的内容之后，我的观点改变了。那些文字证据估计不止是给他判刑了，更大的可能是，他会被送到布罗德莫精神病院。像他这样的疯子真的没必要活着浪费社会资源了，而且他智商还很高，极其危险。所以我和西姆斯聊了聊，告诉他，一切都完了，我把左轮手枪放在枕头底下，让他自己看着办。他……不，我想我不会详细描述这次谈话。这么说吧，我让所有人去重现第一起犯罪，那纯粹是为了让他自我满足一下。我想帮他证明他能够在比赛中不被发现地穿梭作案。我原本打算自己扮演凶手的角色来着，你可以想象，就在我们开演之前，西姆斯出场时，我震惊了。我的左轮手枪只留下了一颗子弹，我担心他会向别人开枪，当我正要扑到他身上时，我突然想到，他的出现不是为了取他人的性命，而是为了找一个宣泄口宣布胜利。我承认我有赌的成分，但这是基于我对他心理的完全了解才赌的，幸运的是我赌对了。随着情景的一幕幕重现，西姆斯重现了他自己的角色，并且就在我们大家的面前，度过了他人生的高光时刻。"

"好吧，你可真有胆量。"迈克尔说。

"真不知道该怎么感谢你才好。"希罗温柔地说。

"那就先沏上一壶新茶吧！"

图书在版编目（CIP）数据

罪证疑云／（英）尼古拉斯·布莱克著；有之炘译
．－－上海：上海文艺出版社，2023
（尼古拉斯·布莱克桂冠推理全集）
ISBN 978-7-5321-8702-7

Ⅰ．①罪… Ⅱ．①尼… ②有… Ⅲ．①推理小说－英国－现代 Ⅳ．① I561.45

中国国家版本馆CIP数据核字（2023）第040310号

罪证疑云

著　者：[英]尼古拉斯·布莱克
译　者：有之炘
责任编辑：孟文玉　陶云韫
装帧设计：周艳梅
版面制作：费红莲
责任督印：张　凯

出版：上海文艺出版社
出品：上海故事会文化传媒有限公司
　　　（201101上海市闵行区号景路159弄A座3楼www.storychina.cn）
发行：上海文艺出版社发行中心
　　　（上海市闵行区号景路159弄A座2楼206室）
印刷：上海中华印刷有限公司
开本：889毫米×1194毫米　1/32　印张8
版次：2023年5月第1版　2023年5月第1次印刷
ISBN：978-7-5321-8702-7/I.6852
定价：45.00元

版权所有·不准翻印

上海故事会文化传媒有限公司出品（01109）www.storychina.cn

想看更多精彩故事？
扫码下载故事会APP

上海故事会文化传媒有限公司所有图书可办理邮购，免收邮费（挂号除外）
汇款地址：上海市闵行区号景路159弄A座2楼206室（201101）
收款人：上海故事会文化传媒有限公司出版发行部
联系电话：021-53204159
如发现本书有质量问题，请与印刷厂质量科联系T：021-60829062